Kajsa Arnold
5 Farben Blau
Rhys by night
1. Teil

Geboren wurde Kajsa Arnold im Ruhrgebiet. Nach mehr als 11 beruflich bedingten Umzügen lebt sie mit ihrer Familie wieder in Nordrhein-Westfalen. »5 Farben Blau« ist ihre erste Publikation im erotischen Bereich. Sie hat bereits schon mehrere Romane veröffentlicht, insbesondere unter ihrem richtigen Namen. Mehr erfahren Sie auf ihrer Homepage: kajsaarnold.de

Kajsa Arnold

5 Farben Blau

Rhys by night
Teil 1

Deutsche Erstveröffentlichung
Ausgabe September 2013
verlegt durch Oldigor Verlag, Rhede

2. Auflage
Covergestaltung: Oldigor Verlag
Foto: © *Artem Furman - Fotolia.com*
ISBN 978-3-943697-72-8
www.oldigor-verlag.de

Für Dich,
der Du mit einem Kuss
ganze Welten öffnest!

Der Verstand kann uns sagen, was wir unterlassen sollen. Aber das Herz kann uns sagen, was wir tun müssen.

(Joseph Joubert)

1

Die Türglocke läutet ununterbrochen und wird von den lauten Klopfgeräuschen, die gegen den Türrahmen donnern, untermalt. Schlaftrunken quäle ich mich aus dem Bett, schlüpfe in mein viel zu großes Shirt und wanke auf nackten Füßen die neun Treppenstufen zur Haustür hinunter, um sie zu öffnen. Mein komaähnlicher Zustand hat einen Namen: Jetlag.

Kaum, dass ich die Tür entriegelt habe, stürmt Alex, mein älterer Bruder, in das Haus.

„Danke, ich habe meinen Schlüssel vergessen."

Er fällt fast über meine Koffer, die ich mitten im Flur stehen gelassen habe.

»Verdammt, Jaz, wann räumst du endlich dein Zeug weg? Kaum bist du zu Hause, schon bricht das Chaos aus.« Hektisch rennt er von einem Raum zum anderen.

Ich kann noch gar nicht richtig nachvollziehen, was er hier will. Mein Kopf dröhnt und mir ist schwindelig. »Alex, ich dachte du wärst arbeiten.« Ich gähne nicht ganz ladylike, setze mich auf den untersten Absatz der Treppe, die in das Obergeschoss führt, und stütze den Kopf auf meine Hände. Müde bin ich, müde und ausgelaugt. Wann ich das letzte Mal richtig geschlafen habe, ohne mich in den Schlaf zu weinen, ist mir entfallen.

Gestern habe ich meinen heiß geliebten Job verloren. Einfach so, von heute auf morgen. In dem einen Moment noch brennt mir die heiße Sonne Hawaiis auf den Körper, im nächsten bin ich meine Dozentenstelle an der University of Honolulu los. Obwohl – *einfach so* ist etwas untertrieben. Man hat mir nahegelegt selbst zu kündigen – als hätte *ich* ein Verbrechen begangen. Dabei war es Hunter, der mich verführte, nicht umgekehrt.

Tja, Schicksal, dass diese Affäre nach nur drei kurzen Wochen ans Licht kam und der Direktor der Universität diese Verbindung unter Kollegen für nicht akzeptabel erachtete. Als hätte ich es mit einem Minderjährigen getrieben. Hunter war ein stattlicher Mann von Anfang fünfzig. Ein Surfertyp, groß, blond, breitschultrig und mit einem Lächeln, das so ziemlich jedes weibliche Wesen an der Uni verzauberte. Er hat zum Schluss seine Professur behalten, weil er mir in den Rücken gefallen ist. Hat behauptet, ich hätte ihm keine andere Wahl gelassen, als mit mir zu schlafen. Als wenn ich ihn in Ketten hätte legen müssen, damit er die Nacht mit mir verbrachte. Ich hätte mehr Rückgrat von ihm erwartet. Mir die gesamte Schuld in die Schuhe zu schieben, nur um seinen Job zu retten, war die Tat eines Opportunisten. Mich als Männer verschlingendes Monster darzustellen, war absurd. War ich so wenig wert, dass man mich wie einen Bauern beim Schach opfern konnte? Ich wollte es nicht glauben. Mir schießen schon wieder die Tränen in die Augen. Verflucht, das hatte ich nicht verdient. Für mich war es mehr als eine flüchtige Affäre gewesen. Dass Hunter mich seiner Karriere opferte und den Wölfen zum Fraß vorwarf, hat mich schwer getroffen. Ich wische die Tränen mit meinen Fingern weg.

Plötzlich geht mein Blick geradewegs zur offenen Tür. Dort steht ein Mann und starrt mich ungeniert an. Ich spüre seinen Blick förmlich auf meiner Haut, die sofort zu prickeln beginnt. Schnell schaue ich weg, doch zwei Sekunden später muss ich wieder hinsehen. Hat er nicht gelernt, dass es unhöflich ist, andere Menschen so schamlos mit den Augen abzutasten? Als hätte er mich hypnotisiert, bleibe ich auf der Treppe sitzen und gestatte ihm, mich in aller Ruhe mit seinen Blicken auszuziehen. Ob er das wirklich tut, kann ich nicht genau sagen, aber es fühlt sich so an. Verlegen greife ich an meinen Halsausschnitt, ziehe das T-Shirt dort etwas zusammen und bin mir dabei geradezu extrem bewusst, dass meine Brüste sich nun noch deutlicher unter dem dünnen Stoff abzeichnen.

Eine leichte Sommerbrise weht durch die offene Tür, ich fröstele und spüre, wie sich eine Gänsehaut über meine Arme zieht und sich meine Brustwarzen aufrichten. Auch das noch! Verlegen schiebe ich einen Arm vor meinen Oberkörper. Was soll der Typ nur von mir denken, wie ich auf dieser Treppe hocke und mich winde, als würde er mit seinen Händen langsam versuchen, mir das Shirt über die Schultern zu streifen. Zu allem Überfluss trägt der warme Wind auch noch seinen Duft zu mir herüber. Er riecht angenehm männlich, irgendwie nach Pampelmuse und Zedernholz. Es ist nur ein Hauch und unwillkürlich hebe ich ein wenig den Kopf und schnuppere. *Bleu de Chanel* kommt mir in den Sinn.

Der Unbekannte rührt sich nicht, aber er beobachtet mich genau. Er sieht düster aus, auf eine geheimnisvolle Art und Weise. Seine Haare sind kurz geschnitten, die Locken aus der Stirn gekämmt. Im Gegenlicht ist zu erkennen, dass sie schwarz sind, so wie sein Bartschatten. Seine Haut ist gebräunt, als wenn er sich oft an der frischen Luft bewegt, das hellblaue Hemd und der dunkelblaue Anzug betonen seine blauen Augen. Er trägt eine hellblaue Krawatte, die gut mit den anderen Blautönen harmoniert.

5 Farben Blau, wenn man das Parfum mitrechnet, geht es mir durch den Kopf. Ich schätze ihn auf Mitte dreißig und er ist groß, größer als Alex. Wer ist das? Der ältere Bruder von Matthew Bomer? Er wirkt wie jemand von der Security, vielleicht ist er der Bodyguard von Mr Cunningham, für den Alex arbeitet?

»Jaz, hast du meinen Ordner gesehen? Schmal, schwarz?«, schreit Alex aus dem Obergeschoss zu mir herunter.

Ich löse langsam meinen Blick von dem Fremden, er hat die Augenbrauen zusammengezogen. Mit schnellen Schritten erklimme ich die Stufen in das Obergeschoss. Ich weiß, dass der Bodyguard mir hinterherschaut und bin mir sehr bewusst, dass er von dort unten an der Haustür gerade überproportional viel nacktes Bein und knappen Slip zu sehen bekommt. Das ist mir unangenehm, obwohl es an meinem 29-jährigen Körper nichts gibt, für das ich mich schämen müsste.

»Ich habe ihn.« Triumphierend kommt Alex aus seinem Arbeitszimmer und hält den Ordner in die Höhe.

»Was ist denn los?«

»Wir haben ein Meeting und ich habe wichtige Unterlagen vergessen. Denke an deinen Termin bei mir um vierzehn Uhr. Dann sprechen wir über den Job für dich, okay?« Er küsst mich auf die Stirn und schon ist er aus der Tür.

Mein stiller Beobachter wirft mir noch einen letzten Blick zu, wendet sich grußlos ab und folgt Alex. Die Tür fällt hinter ihm ins Schloss. Na dann, guten Morgen!

Ich lasse mich auf den oberen Treppenabsatz und meinen Kopf gegen die Wand fallen. Mann, der Jetlag bringt mich um.

Alex hat die glorreiche Idee, dass ich als seine Assistentin fungieren kann, bis ich Arbeit gefunden habe. Die Chance, mitten in Frankfurt am Main einen Job als Meeresbiologin zu finden, geht wohl eher gegen null. Sein Angebot ist aber besser als nichts, auch wenn es nur ein öder Bürojob ist bei irgend so einer Holding, die Museen und Galerien verwaltet. Bis ich weiß, wohin es mich demnächst beruflich verschlägt, kann ich bei meinem Bruder wohnen. Da wir keine weiteren Angehörigen haben, hat er dieses schicke Einfamilienhaus am Frankfurter Westend gekauft, damit es einen Fixpunkt in unserem Leben gibt. Mir hätte auch eine kleine Wohnung gereicht. Seit Mutter bei einem Verkehrsunfall vor drei Jahren ums Leben kam, hat es sich Alex zur Hauptaufgabe gemacht, mir ein bodenständiges Zuhause zu bieten. Damals studierte ich noch und kam ihn in den Semesterferien immer für einige Wochen besuchen.

Ich glaube, dass unsere Mutter starb, hat ihn wesentlich schwerer getroffen als mich. Dabei ist er das Kind, das adoptiert wurde und ich bin die leibliche Tochter unserer Eltern. Alex war schon immer der ruhige und zuverlässige Junge, den Mutter sich so sehr gewünscht hatte, während ich die unstete, wilde Tochter gab, die nicht früh genug das Nest verlassen konnte, zum Leidwesen meiner Mutter. Vater, ein amerikanischer Soldat, fiel in Afghanistan. Nach seinem Tod hat sie uns zwei ganz allein großgezogen. Dad habe ich meinen für deutsche Verhältnisse exotischen Vornamen zu verdanken.

Wäre Mum noch am Leben, wäre sie sicherlich sehr stolz auf Alex, so, wie ich es auch bin. Vermutlich habe ich Alexander meine Existenz zu verdanken, denn unsere Mutter konnte keine Kinder bekommen, so hatte es ihr zumindest der Arzt vorausgesagt. Daraufhin adoptierten meine Eltern einen Jungen – Alex. Er war damals zwei Jahre alt, ein hübsches Kind mit blonden Haaren, wie auf alten Babyfotos zu sehen ist. Sechs Jahre später wurde meine Mutter aus heiterem Himmel mit mir schwanger.

Alex war für mich schon immer mehr Freund als Bruder, was vermutlich an dem Altersunterschied liegt. Mit ihm kann ich alles besprechen. Dass unsere Mutter uns so früh verließ, hat uns noch enger zusammengeschweißt, auch wenn ich in der letzten Zeit versuche, mich abzunabeln, denn Alex' besonderer Beschützerinstinkt geht mir manchmal mächtig auf die Nerven.

~

Ungeduldig drücke ich zum dritten Mal auf den Knopf, um den Fahrstuhl zu rufen. Ich weiß, dass es nichts nützt, doch irgendwie muss ich meiner Nervosität Luft machen. Ich warte bereits seit einer Ewigkeit, einen der anderen vierundzwanzig Aufzüge habe ich nur um eine Nasenlänge verpasst.

Der Messeturm in Frankfurt. 257 Meter hoch, macht der Art déco Turm aus rot poliertem Granit wirklich etwas her, vor allem als Firmensitz. Ich kann es nicht glauben, dass Alex hier arbeitet. Aber wäre dies auch ein Arbeitsplatz für mich? Meine Stimmung ist heute nicht die Beste, dabei bin ich kein launischer Mensch. Es ist nur so, dass meine berufliche Niederlage an meinen Nerven zerrt. Ich habe mir nicht die Nächte mit Meeresbiologie und Wirtschaftswissenschaften um die Ohren geschlagen, damit ich als graue Büromaus ende.

Hinter mir bildet sich eine Traube von Menschen, die auch in die oberen Stockwerke wollen. Endlich ertönt der Gong und die Türen des Aufzugs gleiten auseinander. Der Fahrstuhl kommt aus der Tiefgarage, ein einziger Fahrgast steht an der hinteren verspiegelten Wand. Ich schlüpfe schnell hinein, ohne genau hinzuschauen, und werde von der Menschenmasse nach hinten gedrückt. Sofort macht sich meine Klaustrophobie bemerkbar. Hoffentlich hat jemand den obersten Knopf betätigt, damit ich in der richtigen Etage lande.

Nervös zupfe ich an meiner Jacke. Dunkelblau passend zu meiner hellblauen Bluse und der weißen Hose. Ich schaue an mir herunter und denke plötzlich, dass mein Outfit aussieht, als wäre ich auf dem Weg zu einem Segeltörn. Na toll, jetzt ist es zu spät, um mich für das Vorstellungsgespräch noch einmal umzuziehen.

Die Anzeige zieht meinen Blick magisch an. Etage neunundvierzig, fünfzig. In fast jedem Stockwerk halten wir und Menschen steigen aus, um nach der Mittagspause an ihren Arbeitsplatz zurückzuhasten. Ich schaue eher zufällig an die Spiegelwand und denke, mich trifft der Schlag. Ich sehe direkt in die Augen des Typen, der heute Morgen an unserer Tür auf Alex gewartet hat. Wieder beobachtet er mich ungeniert, vermutlich seit fünfzig Stockwerken. Wieder starre ich zurück. Nicht durch den Spiegel, sondern direkt. Unsere Blicke treffen sich und mir wird plötzlich ganz flau im Magen, es ist gut, dass ich bereits an der Wand lehne. Was ist es nur mit seinen Augen, dass es mir schon wieder eiskalt den Rücken herunterläuft? Wenigstens bin ich sicher, dass ich nun angemessen gekleidet bin, dennoch erwische ich mich dabei, wie die Finger meiner linken Hand erneut zu meiner Jacke gleiten wollen, um sie ein wenig zurechtzuzupfen. Beinahe muss ich mich zwingen, es nicht zu tun.

Die Muskeln im Gesicht meines Gegenübers spannen sich an, fast unmerklich, nur für einen winzigen Augenblick. Wollte er etwas sagen? Sollte das ein Lächeln werden? Oder fühlt er sich von meiner Anwesenheit in diesem Aufzug belästigt? Es muss an seiner Körpergröße liegen, denn ich werde das Gefühl einfach nicht los, als würde er abschätzig auf mich herunterzublicken.

Die oberste Etage. Endlich. Mein Ziel. Wir sind mittlerweile die einzigen Fahrgäste, stehen in gegenüberliegenden Ecken, wie zwei Boxer vor einem

Kampf. Man könnte meinen, dieser Typ leide am Schlechte-Laune-Syndrom, ein Lächeln suche ich bei ihm vergeblich. Vielleicht kann er mich auch einfach nicht leiden.

Die Tür geht auf und ich will davonhasten, nur weg aus dieser engen Kabine mit ihren Spiegelwänden. Im selben Moment setzt sich der Unbekannte ebenfalls in Bewegung und wir stoßen zusammen. Ich reiche ihm gerade mal bis zur Schulter, pralle förmlich an diesem Berg von Mann ab.

»Nach Ihnen.« Keine Entschuldigung, er lässt mir nur den Vortritt. Seine Stimme ist leise und tief. In ihrer stoischen Ruhe liegt ein energischer Unterton, der mich aufhorchen lässt.

Im Vorbeigehen nehme ich seinen Duft wieder auf. Er riecht so männlich, immer noch, wie heute Morgen. Dabei sind es draußen mindestens 28 Grad und er ist schon seit Stunden unterwegs. Obwohl ich gerade erst zu Hause geduscht habe, schwitze ich wie verrückt.

Ich senke den Blick und gebe Gas, damit ich nicht zu spät zu dem Vorstellungsgespräch bei meinem Bruder komme. Er würde mir zwar nicht den Kopf abreißen, aber ein guter Eindruck sieht anders aus.

Die CuDa Holding ist eine Firma mit amerikanischem Stammsitz und die Muttergesellschaft vieler Tochterfirmen, darunter einige Kunstgalerien, Museen und Auktionshäuser sowie eine Stiftung. Ich will eigentlich gar nicht hier arbeiten, aber Alex meint, nach meinem Desaster auf Hawaii wäre es das Beste, einen Neustart in Deutschland zu versuchen. Vor nicht einmal zwei Tagen bin ich erst aus Honolulu hierher geflogen, um mich an der Schulter meines Bruders auszuweinen. Eben noch eine gut bezahlte Assistentin an der Hawaii Pacific University von Honolulu, heute Bittstellerin. Tja, dumm gelaufen. Ein Diplom in Meeresbiologie und Wirtschaft, aber keinen Job. *Gescheitert*!, schießt es mir immer wieder durch den Kopf. Nein, Scheitern ist für mich keine Option. Bis ich mich umgesehen habe, was der deutsche Arbeitsmarkt für Meeresbiologen so hergibt, werde ich für Alex arbeiten. Irgendetwas muss ich ja tun.

Ich eile zum Empfang, wo ich auf eine Blondine treffe, die hübsch ist, aber mir für die Arbeit am Empfang sehr jung erscheint. Ich nenne ihr meinen Namen in der Hoffnung, dass ihr der Name Darling bekannt vorkommt. Doch Blondie hebt den Finger, als ihr Blick auf die Person fällt, die hinter mir durch die Tür tritt.

»Hallo, Mr Cunningham«, begrüßt sie ihn irritiert.

Er steht so nah hinter mir, dass sein Atem mir über den Nacken streicht, wo sich automatisch alle meine Härchen aufstellen, als wollten sie gestreichelt werden. Instinktiv schießt meine Hand hoch, um sie glattzustreichen, da bewegt er sich noch ein wenig dichter an mich heran. Pampelmuse und Zedernholz! Sein Duft, unverkennbar. Ich könnte mich nicht einmal umdrehen, ohne ihn zu berühren, so nah ist er an mich herangerückt. Es ist unmöglich, dass er nicht spürt, wie nah sich unsere Körper gekommen sind, aber er unternimmt nichts, um den Abstand zu mir zu vergrößern. Im Gegenteil, für einen Moment habe ich das Gefühl, er würde dieses kleine Spielchen genießen und auf die Spitze treiben.

»Claudia, mein Wagen springt nicht an, bitte rufen Sie jemanden, damit er sich darum kümmert und dann schicken Sie Susan zu mir.«

Sein Tonfall ist dunkel und rauchig. Er scheint nicht ein Mann zu sein, der Widerspruch duldet. In seiner Stimme schwingt ein amerikanischer Akzent mit, der mir unter die Haut geht. Unwillkürlich schließe ich die Augen und stelle mir vor, wie dieser Fremde mir etwas ins Ohr flüstert, und erschaudere. Dann erschrecke ich. Was mache ich gerade? Bin ich verrückt?

»Äh, Miss Alesandro wartet bereits in Ihrem Büro.«

Blondies Stimme holt mich zurück in die Gegenwart dieses eleganten Büros. Während sie zum Telefon greift, wundert es mich, dass sie sich nicht auf die Knie wirft, bei dem unterwürfigen Ton, den sie anschlägt.

Ich drehe mich nun doch um und erstarre. Cunningham schaut auf mich herunter, sagt aber kein Wort. Für einen Augenblick bilde ich mir ein, das Blau in seinen Augen habe etwas wie Neugier ausgestrahlt, aber das muss ich mir eingebildet haben. Als mir der nächste Blick in seine Augen gelingt, entdecke ich darin nur noch stahlblaue Härte. Dann dreht er sich um und steuert auf eine Tür zu, vermutlich sein Büro. Mir fällt der Song ein, den ich auf meinem iPod im Flugzeug auf dem Rückflug gehört habe: *Deine Augen machen bling, bling und alles ist vergessen!*

Claudia spricht noch einmal kurz in ihren Hörer, dann schaut sie mich erwartungsvoll an.

»Jaz Darling, ich haben einen Termin mit meinem Bruder, Alex Darling«, stelle ich mich noch einmal vor.

Langsam scheint Blondie ihre Fassung wiederzufinden, schaut in ihrem Computer nach und nickt. »Natürlich, Miss Darling. Wenn Sie in unserem Wartebereich kurz Platz nehmen wollen.« Sie führt mich zu einer Couchgruppe und bietet mir eine Erfrischung an, die ich freundlich aber bestimmt ablehne.

Ich muss mich erst einmal von dem Schock erholen. Das war also Rhys Cunningham. Alex hat mir zwar von ihm erzählt, aber ein Foto habe ich bisher nicht gesehen. Ein bisschen wundere ich mich über diese Mister und Miss Anrede, aber immerhin ist dies eine amerikanische Firma.

Kurze Zeit später wird die Bürotür aufgerissen, eine große Blondine rauscht an mir vorbei und ich traue meinen Augen nicht. Wenn das mal nicht Melissa Alesandro ist, ihres Zeichens Topmodel und Millionenerbin. Ich bin förmlich geblendet von ihrer Erscheinung. Sie ist ganz in weiß gekleidet und ihr blondes Haar umrahmt ihr Gesicht. Mein Gott, diese Frau ist wunderschön.

Ich sehe Cunningham in der Tür stehen.

»Du bist absolut beziehungsunfähig«, schreit sie und Tränen treten ihr in die schönen braunen Augen.

»Ich habe nie etwas anderes behauptet«, entgegnet er leise. Sie sprechen Englisch, ich verstehe jedes Wort und bin mir sicher, dass es den Angestellten ebenso geht.

Eine ältere Frau mit strenger Brille und noch strengerem Blick erscheint wie aufs Stichwort auf der Bildfläche.

»Susan? Melissa möchte gehen, begleitest du sie bitte hinaus?« Seine Stimme ist tonlos, aber das, was er so höflich formuliert, ist ein knallharter Rausschmiss.

Melissa Alesandro wischt mit einem Taschentuch, das Susan ihr reicht, ihre Tränen fort und drückt ihren Rücken durch. »Danke, ich finde allein hinaus.« Sie rauscht erhobenen Hauptes davon und der Aufzug ist sofort zur Stelle. Natürlich ganz anders als bei mir, ich würde sicherlich Minuten auf dieses Ding warten müssen, während ich die Blicke aller Anwesenden in meinem Rücken spüre. Ich wünschte, ich hätte diese Würde bei meinem Rausschmiss in Honolulu an den Tag legen können.

Still und bewegungslos sitze ich da und traue mich nicht, auch nur einen Mucks von mir zu geben. Beflissen übersehen ich Cunninghams Blick, der mich streift und dann an mir hängenbleibt, wie ich aus dem Augenwinkel erkennen kann. Ich blicke ihn dann doch an und er starrt schon wieder, nicht hinter Melissa her, sondern mich an. Vor Verlegenheit werde ich rot, das spüre ich an meinen erhitzten Wangen. Nach einigen Sekunden löst er den Blickkontakt – ich bin dazu nicht in der Lage – und ich atme erleichtert aus. Mir war nicht bewusst, dass ich den Atem angehalten habe.

»Susan!« Ein Wort, ein Befehl. Eine grauhaarige Frau rückt ihre Brille zurecht, aber ihre Miene bleibt unbewegt, als sie sich geschäftsmäßig auf den Weg in Cunninghams Büro macht. Niemanden scheint der Auftritt von Melissa Alesandro sonderlich zu wundern, alle gehen zur Tagesordnung über, als hätten sie ihn schon des Öfteren miterlebt.

Das ist definitiv nicht der Ort, an dem ich arbeiten möchte. Ich schnappe meine Unterlagen und erhebe mich. Vielleicht sollte ich Alex eine Nachricht hinterlassen und dann einfach über das Treppenhaus in die nächste Etage verschwinden.

Claudia sieht, dass ich mich erhoben habe. Sie will etwas sagen, doch in diesem Moment öffnet sich die Tür zu Cunninghams Büro.

»Miss Darling, wenn ich Sie bitten dürfte.«

~

Rhys Cunningham steht mit tief in seinen Hosentaschen vergrabenen Händen am Fenster und starrt hinaus. Die Sonne strahlt, doch ihm ist nicht nach hellem Licht. Er wünscht, es würde regnen. Aus dem Augenwinkel nimmt er eine Bewegung wahr und dreht sich um.

»Sorge bitte dafür, dass Melissa der Zugang zu meinem Appartement in New York entzogen wird.«

Susan Whitehead nickt und blickt ihn streng durch die Brille an. »Solche Auftritte sind nicht gut für dein Image. Sie sorgen für Tratsch und Unruhe.«

Rhys nickt ergeben. »Ich weiß, ich habe bereits gestern Schluss gemacht. Sie konnte es wohl nicht glauben, dass ich es ernst meine. Sehe ich so aus, als würde ich nicht meinen, was ich sage? Verflucht!« Er fährt sich mit den Händen über sein Gesicht. »Sage für heute alle weiteren Termine ab. Wer ist übrigens diese junge Frau, die dort draußen im Wartebereich sitzt?«

»Das ist Alex' Schwester. Hast du noch nie ihr Bild auf seinem Schreibtisch gesehen? Ich denke sie wartet auf ihn. Er hat mir erzählt, dass er sie vorübergehend als Assistentin einstellen will.«

»Was will er mit einer Assistentin?«

Obwohl Susan als die bestinformierte Person in diesem Unternehmen gilt, hebt sie die Schultern. »Ich habe keine Ahnung.«

»Hast du es dir mit deiner Kündigung noch einmal überlegt, Susan?« Cunningham wendet sich endgültig vom Fenster ab und setzt sich geschäftsmäßig hinter seinen Schreibtisch.

Susan rückt ihre Brille zurecht. »Ja, Rhys, und ich bleibe dabei, in drei Monaten werde ich mich zur Ruhe setzen und nur noch in New York leben. Ich bin über sechzig und habe schon für deinen Großvater gearbeitet, lass mir meinen wohlverdienten Ruhestand.«

Er macht eine entschuldigende Handbewegung. »Hast du eine neue Assistentin für mich gefunden, die du noch einarbeiten kannst?«

Nachdenklich schüttelt Susan den Kopf. »Niemanden, mit dem du zufrieden wärst.«

Rhys nickt. »Wie wäre es mit Alex' Schwester?«

~

Scheiße, ich kann nicht mehr weg! Susan steht ungeduldig an der Tür und wartet auf mich. Da ich nun schon stehe, bleibt mir nichts anderes übrig, als ihr in das Büro zu folgen, in der Erwartung, dort auf Alex zu treffen.

Der Raum ist groß, nein, er ist gewaltig. Vor der gläsernen Fensterfront steht ein riesiger Schreibtisch mit einem hochmodernen Bildschirm im Apfeldesign. Zur linken Seite steht ein Konferenztisch, an dem locker zwölf Personen Platz finden, zur Rechten eine dunkelblaue Ledercouch. Man bietet mir einen Stuhl am Konferenztisch an, und während ich mich setze, fällt mein Blick an das Kopfende des Tisches. Dort sitzt Rhys Cunningham und nickt mir zu. *Bling, bling*! Von Alex keine Spur.

»Miss Darling, mein Name ist Susan Whitehead und ich bin die Assistentin von Mr Cunningham. Wir freuen uns, Sie bei CuDa LLC begrüßen zu dürfen.«

Ich lächele ihr freundlich zu und blicke dann unsicher in Cunninghams Richtung. Soll ich ihn auch begrüßen, oder einfach ignorieren? Ich fühle mich äußerst unsicher. Mrs Whitehead scheint meinen zaghaften Blick richtig zu deuten. »Mr Cunningham ist nur als stiller Beobachter hier, wir beide führen das Bewerbungsgespräch.«

Oh ja, das habe ich schon mitbekommen, dass Mr. Cunningham ein *stiller Beobachter* ist, geht es mir durch den Kopf und ich nicke brav. Aber wo bleibt nur Alex? Eigentlich habe ich doch mit ihm den Termin.

»Wir suchen eine neue Assistentin für Mr Cunningham, die meinen Posten übernehmen wird, da ich in drei Monaten aus dem Unternehmen ausscheide«, erklärt Mrs Whitehead.

»Darf ich fragen, warum Sie ausscheiden?«, hake ich direkt nach.

»Nun, ich habe mir meinen Ruhestand verdient und werde diesen in den Staaten genießen.« Ein flüchtiges Lächeln erscheint auf ihrem Gesicht.

»Alex hat Sie empfohlen«, wirft Cunningham kurz ein und Mrs Whitehead und ich blicken in seine Richtung, überrascht, dass er das Wort an mich direkt richtet.

»Seltsam, ich hatte angenommen, dass Alex kurzzeitig eine Assistentin sucht«, bemerke ich.

Mrs Whitehead nickt. »Sind das Ihre Unterlagen?« Sie blickt auf meine Mappe, die vor mir auf dem Tisch liegt, und ich schiebe sie ihr zu, als Mr Cunningham sich einmischt. »Darf ich?«

Mrs Whitehead nimmt die Mappe und reicht sie an ihn weiter.

»Wissen Sie, in welchen Bereichen unser Unternehmen tätig ist?« Sie mustert mich wieder mit ihrem strengen Blick.

»Ja, mein Bruder hat mich informiert. Sie sind im Großen und Ganzen in der Kunstszene tätig.«

Sie schaut wie eine strenge Lehrerin, deren Schülerin eine richtige Antwort gegeben hat. »Ja, das ist unser

Hauptbetätigungsfeld. Vor allem aber verwalten wir eine Stiftung, der Mr Cunningham vorsitzt. Wir leiten unter anderem auch ein Museum, um die Galerien kümmert sich Ihr Bruder.«

Es hat den Anschein, als wäre Mr Cunningham in meine Mappe vertieft, doch ich vermute, dass er mit spitzen Ohren zuhört.

»Sie haben Meeresbiologie studiert?« Seine Stimme ist tief und ich bin überrascht, dass sie nach dem Auftritt von Melissa so gelassen und ruhig klingt.

»Ja, ich war wissenschaftliche Assistentin an der Uni in Honolulu, bis ... Nun bin ich wieder hier. Meine Mutter starb vor einigen Jahren, daher lebe ich bei meinem Bruder.«

Er nickt. »Das tut mir leid ... ich meine, dass Sie und Alex Ihre Mutter verloren haben.« Die Klangfarbe seiner Stimme hat sich verändert, ich meine zu spüren, wie seine coole Fassade für einen Augenblick aufbricht, aber ich kann mich auch irren. Wie auch immer, wieder jagt mir eine Gänsehaut über den Rücken. Ohne dass ich es verhindern kann, fühlt es sich an, als würde er mich mit seinen Worten zärtlich berühren wollen. Ich weiß, dass dies absoluter Quatsch ist, aber meine Kehle ist plötzlich wie zugeschnürt. Hätte ich doch das Glas Wasser, welches mir Blondie angeboten hat, angenommen. So nicke ich nur. Verdammt, wo bleibt Alex?

»Gut. Danke, das wäre es dann.« Cunningham erhebt sich.

Ich erhebe mich ebenfalls, als er meint: »Wir sehen uns später im Flieger, Susan. Sage, wie besprochen, weitere Termine ab. Ich werde das Gespräch mit Miss Darling alleine zu Ende führen.«

Nicht nur ich schaue überrascht auf. Mrs Whitehead starrt ihn eine Sekunde länger als notwendig an, doch dann räumt sie, ohne etwas zu erwidern, das Feld. Er ist der Boss, er hat das Sagen und vor allem hat er die Kontrolle.

Susan nickt mir unverbindlich zu. »Ich wünsche Ihnen noch einen schönen Tag, Miss Darling.« Dann ist sie zur Tür hinaus und ich bin allein mit Cunningham.

2

Er hat den Platz gewechselt und sitzt mir nun gegenüber. Seine gepflegten Hände liegen auf meiner Mappe und ich werde das Gefühl nicht los, als würden sie auf meiner Haut liegen. Er hat kräftige Hände, die richtig zupacken können. Keine zarten filigranen, sondern starke breite Finger mit kurzen sauberen Nägeln. Ich schaue auf und blicke in seine blauen Augen. So aus der Nähe kann ich erkennen, dass sie nicht einfarbig sind, sondern verschiedene Blauschattierungen haben. 5 unterschiedlich blaue Farben bilden die Iris. Ich sehe, dass sein Mund sich bewegt, doch ich verpasse die Frage, zu versunken bin ich in meiner Beobachtung. Verlegen blinzele ich. »Entschuldigung, wie war Ihre Frage?« Mir schießt erneut die Röte ins Gesicht, das ist zu peinlich.

»Bringen Sie irgendwelche Erfahrungen mit?« Er betont *Erfahrungen* auf eine eigenartige Weise und sein Blick gleitet dabei über meinen Körper, als wäre dies ein Ding der Unmöglichkeit. Seine Frage beschämt mich und macht mich gleichzeitig wütend.

»Ja«, antworte ich gelassen, obwohl ich innerlich koche, »ich habe nicht nur Meeresbiologie, sondern auch Wirtschaft studiert. Alex und ich wurden schon als Kinder mit Kunst vertraut gemacht, ich denke also, dass ich der Aufgabe einer Assistentin gewachsen bin.«

Sein Blick verändert sich. »Ich habe auch nichts anderes unterstellt, Miss Darling.« Seine Stimme nimmt einen kühlen Ausdruck an und ohne näher darauf einzugehen, sagt er: »Alex hat mir nie erzählt, dass er eine Schwester hat.«

»Ich habe einige Jahre auf Hawaii gelebt, bis ... nun, bis Umstände mich dazu zwangen, nach Hause zurückzukehren«, füge ich leise hinzu.

Eigentlich will ich nicht zu viele private Einblicke preisgeben, doch er hat so eine Art an sich, mehr aus mir herauszuholen, als ich möchte.

»Dann leben Sie also bei Alex?« Er lächelt leicht, zum ersten Mal. Das genügt. Meine Fantasie reagiert vor meinem Verstand und geht mit mir durch. *Ja, ich lebe bei Alex. Ja, du kannst mich dort heute Abend abholen, gerne lasse ich mich von dir einladen. Wir werden durch die Nacht streifen, der Mond wird Zeuge sein, wenn du mich in die Arme nimmst und küsst und wenn wir ...* Die ganze Zeit habe ich wie hypnotisiert in seine Augen geschaut, ich bin sicher er hat erkannt, was ich denke und das leise Lachen, das zwischen den Blautönen funkelt, wirkt wie ein zustimmendes Nicken. Ich spüre, dass ich plötzlich erregt bin wie lange nicht mehr, mein Unterleib zieht sich zusammen. Ein Orgasmus bei einem Vorstellungsgespräch? Bin ich noch zu retten?

Er wartet auf meine Antwort, aber ich habe die Frage schon wieder verpasst. Oh mein Gott, ich benehme mich wie eine komplette Vollidiotin.

»Wohnen - bei Alex?«, hilft er mir auf die Sprünge und jetzt muss ich lächeln.

»Alex hat das Haus für uns gekauft, es hat viele Zimmer.« Genug an Informationen.

Sein Blick verschließt sich abrupt. Da ich nicht ahne, was er von mir erwartet hat, frage ich mich, warum er weiter seine Zeit verschwendet und diese Farce nicht endlich beendet und mich nach Hause schickt.

»Miss Darling, wir organisieren eine Menge Veranstaltungen, Empfänge und Kunstausstellungen. Ich suche eine Assistentin, die mir rund um die Uhr zur Verfügung steht. Daher brauche ich jemanden, der ungebunden ist.«

Ich nicke. Will er herausfinden, ob ich einen Freund habe? »Es gibt niemanden in meinem Leben – außer Alex. Ich kann mich voll und ganz auf meine Arbeit konzentrieren.«

»Sie meinen damit, dass Sie sich voll und ganz auf mich konzentrieren würden?«

Meine Hände fangen an zu schwitzen. Vielleicht sollte ich einfach aufstehen und gehen. Aber ich will bleiben, will weiter in diese wunderbaren Augen schauen, die sich mir öffnen und sich dann plötzlich wieder vor mir verschließen.

»Ich pendele ständig zwischen Frankfurt und New York. Als meine Assistentin würden Sie diesen Lebenswandel teilen. In New York steht Ihnen eine Wohnung zur Verfügung, wie allen meinen Angestellten, die rund um die Uhr für mich arbeiten, und ein angemessenes Gehalt.«

Im Geiste sehe ich mich schon seinen Aktenkoffer hinter ihm herschleppen, oder mich abhetzen, um seine Kleidung aus der Reinigung zu holen.

»Dazu gehört nicht, meine Kleidung aus der Reinigung zu holen, dafür habe ich bereits jemanden. Ihre Dienste benötige ich anderweitig.«

Dieser Mann kann Gedanken lesen. Er wird mir langsam unheimlich. Der Zauber von eben ist verflogen, meine Vernunft gewinnt wieder die Oberhand. Will ich wirklich für ihn arbeiten? In einer Firma, die schon äußerlich nicht zu mir passt, und ich nicht zu ihr?

Unvermittelt fragt er: »Möchten Sie mit mir zusammenarbeiten?«

Ich weiß nicht, was ich sagen soll, fühle mich irgendwie überrumpelt.

»Ich dachte, ich würde für Alex arbeiten.«

»Und ich möchte, dass Sie für *mich* arbeiten!«

Cunningham sagt es mit solch einem Nachdruck, dass ich nicht wage, zu widersprechen, schließlich ist er der Chef. Er erhebt sich und ich tue es ihm gleich, denke, das Gespräch ist beendet, doch er legt leicht die Hand auf meinen Rücken und bittet mich, auf der Sitzgruppe Platz zu nehmen.

»Ich möchte Sie gerne überzeugen«, sagt er mit schmeichelnder Stimme, zieht im Gehen seine Anzugjacke aus und krempelt die Ärmel seines blauen Hemdes auf. Gebräunte Haut mit dunklen Haaren kommt zum Vorschein.

Ich muss schlucken.

Er setzt sich nur eine Handbreit von mir entfernt schräg neben mich, um mir direkt in die Augen zu sehen.

»Glauben Sie, Alex hätte etwas dagegen, wenn Sie für mich arbeiten?« Er legt seinen Arm lässig auf die Lehne der Couch, hinter meinen Nacken. Obwohl er mich nicht berührt, spüre ich die Hitze, die von ihm ausgeht.

Das macht mich ganz nervös. Mein Mund ist trocken und ich fahre mir mit der Zunge über die Lippen, um sie zu benetzen. Cunninghams Blick bleibt an meinem Mund hängen, ich glaube zu hören, dass er leise »Shit« murmelt.

Seine Gesichtsfarbe wechselt und er ändert seine Sitzposition, schlägt die Beine übereinander. Etwas scheint ihm ganz und gar nicht zu gefallen und ich weiß nicht, womit ich ihn verärgert haben könnte.

Etwas verlegen räuspert er sich schließlich. Irritiert schaue ich ihn an, ich hätte nicht geglaubt, dass diesen

Mann irgendetwas in Verlegenheit bringen könnte. »Jaz, ich möchte, dass Sie begreifen, worauf Sie sich einlassen. Sie wissen genau so gut wie ich, wie das hier endet, wenn Sie für Alex arbeiten.«

Ich weiß nicht wovon er spricht und bin vollkommen durcheinander. »Nein, nicht direkt.«

Er lacht heiser. Sofort antwortet mein Körper wieder mit einer Gänsehaut, die ich auf die Schnelle kaum verbergen kann.

»Schauen Sie, was ich mit nur einem Lächeln bei Ihnen anrichte.« Er blickt auf meine Arme, wo sich die Härchen wie feindliche Krieger aufgestellt haben. Diese gemeinen Verräter!

»Ich verspreche Ihnen, Jaz, ich habe ein eisernes Prinzip. Meine persönlichen Assistentinnen sind tabu. Die von Alex nicht. Sie werden nicht einmal eine Woche für Ihren Bruder arbeiten, dann werden wir uns bereits gegenseitig den Verstand aus dem Schädel vögeln, das garantiere ich Ihnen.«

Obwohl ich schlucken muss, bleibt mir die Spucke weg und ich fahre wieder mit meiner Zunge über meine Lippen. Was läuft denn hier für ein Film ab?

Völlig überrumpelt von seiner derben Ausdrucksweise stehe ich auf, um etwas Abstand zwischen uns zu bringen.

»Mr Cunningham, ich befürchte, unser Gespräch ist zu Ende.«

»Nichts ist zu Ende. Setzen Sie sich und spielen Sie hier nicht die keusche Jungfrau. Ich werde schon nicht über Sie herfallen. Es ist nur wichtig, dass Sie wissen, welche Wirkung Sie auf mich haben.«

Oh mein Gott, ich muss hier weg. Schnell drehe ich mich um und greife nach meinen Unterlagen, doch Cunningham ist schneller. Er nagelt meine Hand auf dem Tisch fest und flüstert mir ins Ohr: »Jaz, wir wissen beide, dass ich recht habe. Sagen Sie nicht, Sie hätten es heute Morgen in Ihrem Haus nicht auch gespürt, oder vorhin im Aufzug. Am liebsten hätte ich Sie direkt dort genommen und glauben Sie mir, Sie hätten nach mehr geschrien.«

Ich richte mich auf, hole ohne zu überlegen aus und versetze ihm eine schallende Ohrfeige.

»Wie können Sie es wagen, so mit mir zu sprechen?«, zische ich wütend. Von sexueller Belästigung am Arbeitsplatz habe ich schon gehört, es wird Zeit, dass dieser blauäugige Adonis begreift, was ich davon halte.

Verblüfft greift Cunningham nach meiner Hand, hält sie fest und lächelt: »Das ändert nichts daran, was sich hier zwischen uns anbahnt, auch wenn Sie mich noch so oft schlagen, Jaz. Sie sind doch genauso scharf auf mich wie ich auf Sie. Geben Sie es zu!«

Steif stehe ich vor ihm und bin fassungslos. Kein Job der Welt ist es wert, sich derart bedrängen zu lassen. Für einen kleinen Moment jedoch bedauere ich, dass wir uns nicht unter anderen Umständen begegnet sind.

Natürlich hat er recht, es gibt eine starke Anziehung zwischen uns, aber mit seiner Direktheit hat er mich vollkommen ernüchtert. Denke ich. Kopfschüttelnd will ich meine Hand aus seiner befreien und endlich dieses Büro verlassen, aber mein Körper scheint eine Art Eigenleben zu führen und presst sich gegen meinen Willen an ihn, als er mich plötzlich in die Arme nimmt und seine Hüften gegen meine drückt.

Mit der einen Hand hält er mich, mit der anderen streicht er sich über die Wange, die sich von meinem Schlag rosa färbt. Er grinst breit.

Es gibt nur einen Weg raus aus dieser Klemme, entscheide ich und entspanne mich ein wenig. Dann schaue ich ihm gradewegs in die Augen, mutig, ohne mit der Wimper zu zucken. Wenn er meint, er kann mich schockieren, dann ist er bei mir an der falschen Adresse. So schnell lasse ich mich nicht einschüchtern. Ich winde mich langsam ein wenig und er lässt mich abrupt los.

»Mr Cunningham, ich respektiere Ihre Offenheit, auch wenn ich sie völlig unangemessen finde als Teil eines Bewerbungsgespräches.«

»Das ist Ansichtssache, meine Liebe, ich bin eben für klare Verhältnisse.«

Ich nicke und bewahre Haltung. »Gut zu hören, dann dürfte es Sie nicht überraschen, was ich Ihnen dazu sagen möchte. Erstens: Ich habe ebenfalls ein Prinzip, nämlich niemals«, das Wörtchen *wieder* kann ich gerade noch rechtzeitig verschlucken, »ein Verhältnis mit meinem Boss anzufangen. Und zweitens: Ich habe *keine* Angst vor Ihnen, Mr Cunningham.«

~

Als Rhys Cunningham wieder allein in seinem Büro sitzt, starrt er die Tür an, dann stützt er die Ellbogen auf seinem Schreibtisch auf und lässt den Kopf in seine Hände sinken. Was ist bloß in ihn gefahren?

Alex' Schwester hat etwas an sich, das ihn verrückt macht. Bis heute Morgen hat er geglaubt, Frauen wie sie wären nicht sein Typ. Kurze schwarze Haare, die wirr von Kopf abstehen, a la Halle Berry, ist so gar nicht sein Ding. Sie hat zwar eine gute Figur, aber ihre Größe von höchstens einem Meter siebzig lässt sie alles andere als wie ein Model erscheinen. Andererseits, mit *der* Sorte Frau hat er ja auch nicht die besten Erfahrungen gemacht, das letzte Desaster hat sich ja erst heute Morgen aus seinem Leben verabschiedet.

Als er Jazman Darling heute Morgen auf dem Treppenabsatz sitzen sah und sie dabei beobachtete, wie sie eine Träne von ihrer Wange wischte, ist etwas mit ihm geschehen, und er kann nicht sagen, was das ist. Später im Aufzug, als sie nervös an ihrer Jacke herumzupfte, hätte er am liebsten ihre Hände festgehalten, damit sie stillhielt, doch er war dazu verdammt gewesen, nichts zu tun, außer sie anzustarren, wie ein geiler Teenager. Und nun wird sie für ihn arbeiten, rund um die Uhr. Was hat er sich nur dabei gedacht? Ist sein Leben nicht schon kompliziert genug?

Er sollte sich lieber um die letzte Katastrophe namens Melissa Alesandro kümmern, doch dazu hat er im Moment keine Lust. Ihre Beziehung war wie ein leckgeschlagenes Schiff, er wundert sich, dass es erst nach zwei Monaten gekentert ist. Dabei hatte er ihr von Anfang an klar gemacht, dass es zwischen ihnen nichts anderes geben konnte als Sex. Keine Beziehung, keine Gefühle, erst recht keine Liebe. So etwas gibt es in seinem Leben nicht, dafür hat er keine Zeit. Warum sich mehr aufbürden als nötig? Es läuft doch eh immer auf das Gleiche hinaus: Trennung! Sein Herz steht nicht zur Verfügung. Liebe gibt es nicht, sie ist nichts als eine Erfindung, um den Valentinstag und das Hochzeitsgeschäft anzukurbeln. Sie ist die verlogene Umschreibung für Begehren, etwas, das für kurze Zeit aufflammt und schnell wieder erlischt. Sobald die Lust gestillt ist, verflüchtigte sie sich wie ein Lächeln im Wind.

Die Verbindung mit Melissa hatte bereits von Anfang an einen Schönheitsfehler: Sie hat sein Begehren weder geschürt noch gestillt. Die ganze tolle Optik?

Was für eine Blendung! Die Verbindung schnellstmöglich zu beenden, war die beste Entscheidung, die er an diesem Tag getroffen hat. Jaz Darling einzustellen dagegen wohl eher nicht.

Niemand würde ihm je vorwerfen können, dass er nicht offen gewesen wäre. Dabei musste er sich gar nicht verstellen, als er sie mit seiner Geilheit konfrontierte. Die war echt, oh ja. So echt, dass er sich nicht kontrollieren konnte, als sie sich umwandte und das Büro verließ. Er sah aus dem Fenster des 50. Stocks und konnte sich lebhaft vorstellen, wie sie sich langsam auf ihren Bürostuhl setzte und einen letzten Blick zu seinem Büro warf. Er sah förmlich, wie sie sich in ihrer unglaublich aufreizenden Art auf den Sitz gleiten ließ und ihre Hose mit einer ruhigen Handbewegung richtete. Dabei, so stellte er sich ohne Probleme vor, berührte sie ihren Schoß. In dem Augenblick war es geschehen. Seine plötzliche und harte Erektion hatte ihn vollkommen überwältigt und ihm den Atem geraubt. Wie ein Tornado war die Lust in seine Lenden geschossen und dort explodiert. Wie ein Vierzehnjähriger hatte er sich nicht wehren können gegen den Orgasmus, der ihn machtlos und laut aufstöhnen ließ, zu verblüfft, um überhaupt etwas anderes denken zu können als *Darling*. Selbst als er sich unter einem fadenscheinigen Vorwand entschuldigte und schnell nach Hause fuhr, um zu duschen und sich umzuziehen, war er noch zu benommen gewesen, um zu verstehen, was geschehen war.

Ausgerechnet *sie* auf seine Gehaltsliste gesetzt zu haben, war mit Sicherheit die größte Dummheit, die er je begangen hatte.

~

Mein neues Büro ist wundervoll. Es hat ein Fenster mit Blick auf das Messegelände und ist luxuriös ausgestattet, wie das von Cunningham. Zwar ist es wesentlich kleiner, aber es gehört ganz allein mir. Mein Gott, ich habe einen Job, mit einem Monatsgehalt, das weit über dem liegt, was ich bisher verdient habe. Allerdings habe ich nach meinem Studium auch nur zwei Monate gearbeitet, bevor diese ungnädige Sache aufflog.

Ich sitze an meinem Schreibtisch und schaue aus dem Fenster. Obwohl ich mich freue, habe ich ein eigenartiges Gefühl im Bauch. Die blauen Augen von Rhys Cunningham verfolgen mich. Ich erinnere mich an seinen Duft, seine Hände, die meine Mappe vor wenigen Minuten noch gehalten haben. Meine Finger gleiten über sie und ich habe das Gefühl, ich würde seine Hände berühren. Was sich da eben zwischen uns abgespielt hat, kann ich im Moment gar nicht sortieren, dazu benötige ich Abstand. Das kann ich nicht mit dem Wissen, dass Cunningham direkt hinter der nächsten Wand sitzt. Mir ist klar, dass er anders ist, nur wie sehr, kann ich noch nicht einschätzen.

In meine Gedanken platzt Alex hinein. Endlich. Er betritt ohne anzuklopfen den Raum. »Was machst du hier? Ich warte schon die ganze Zeit auf dich!«, sagt er und lässt sich in einen der Besucherstühle fallen, die vor meinem neuen Schreibtisch stehen.

»Ich arbeite nun für deinen Boss.«

»Was? Aber du solltest doch für mich arbeiten! Außerdem ist Rhys nicht mein Boss.«

»Nicht?« Ich bin verwirrt.

»Nein, was glaubst du hat da *Da* in *CuDa* zu bedeuten? Rhys hat mich vor vier Jahren zu seinem Partner gemacht. Liest du gelegentlich auch mal die E-Mails, die ich dir schreibe?«, fragt er beleidigt.

»Mr Cunningham hat mich als seine Assistentin angestellt. Ich dachte, das wäre der Job, von dem du mir erzählt hast.«

»Nein, verdammt. Das war nicht der Job, von dem ich dir erzählt habe. *Ich* suche eine Assistentin. Jaz, ich glaube nicht, dass dieser Job das ist, was du dir vorstellst.«

»Alex, deine Fürsorglichkeit mir gegenüber in Ehren, aber ich bin erwachsen und weiß genau, worauf ich mich einlasse.«

»Bist du sicher, Jaz? Denk an Hawaii!« Alex streicht sein blondes Haar aus dem Gesicht. »Ich möchte nicht, dass er dir wehtut, denn das wird er. Rhys ist ein Herzensbrecher der schlimmsten Sorte. Er hinterlässt haufenweise gebrochene Herzen, über die er mit großen Schritten hinwegschreitet. Er ist unberechenbar und gefährlich.«

Genervt schaue ich Alex an. »Kannst du dir nicht vorstellen, dass ich aus meinen Fehlern lerne? Mache ich wirklich den Eindruck, als würde ich mich jedem x-beliebigen an den Hals werfen? «

»Rhys ist alles andere als x-beliebig. Er ist ... sehr speziell.«

»Speziell?« Ich schaue meinen Bruder fragend an. »Was meinst du damit?«

»Halte dich einfach von ihm fern, okay!«

»Alex, wir reden hier über einen Job, nicht über eine Verlobung! Außerdem wird es schwer, mich von ihm fernzuhalten, wenn ich als seine persönliche Assistentin eingestellt bin.«

Wir werden durch das Klopfen an der Tür unterbrochen. In unsere Unterhaltung platzt Susan Whitehead, sie hat einige Unterlagen in der Hand, die wohl für mich bestimmt sind. Alex bleibt missmutig in dem Besuchersessel sitzen.

»Hallo, Alex«, begrüßt sie meinen Bruder und mustert mich streng durch die Brille. Ich fühle mich unwohl unter ihren Blicken, besonders jetzt, wo Alex mich wie unter einem Mikroskop beobachtet.

»Mr Cunningham hat Sie also eingestellt!« Es ist keine Frage, sondern die Feststellung einer Tatsache, die ihr wohl nicht zu gefallen scheint.

»Ja, ist das so verwunderlich?« Die Frage rutscht mir einfach so heraus.

Susan Whitehead, eine Frau mit einer altmodischen Brille an einer noch altmodischeren Kette, hebt kurz die Schultern. »Gewöhnlich sind Mr Cunninghams Assistentinnen immer langbeinig und blond oder rothaarig. Und machen Sie sich keine Hoffnungen, er hat nie Affären mit seinen Angestellten.«

»Nun, da es bei mir nur kurzbeinig und schwarz gibt, verstehe ich Ihre Verwunderung. Da ich meine Arbeit aber gleich gut erledige, wie blonde, rote oder braunhaarige Frauen, mache ich mir in dieser Hinsicht keine Sorgen. Insbesondere nicht, da Affären nicht in meinen Aufgabenbereich fallen.«

Im ersten Moment befürchte ich, zu weit gegangen zu sein, denn Mrs Whitehead setzt wieder diesen Blick auf, doch plötzlich schmunzelt sie und ich denke, das kommt bei ihr schon einem Lächeln nahe.

»Willkommen, Jaz, nennen Sie mich Susan.«

Ich ergreife ihre ausgestreckte Hand und schüttele sie. Mir wird klar, dass ich den Schießhund an der Vorzimmertür zu Rhys Cunningham gezähmt habe.

»Das kann schneller zu deinem Aufgabenbereich werden, als du ahnst«, murmelt Alex mit einem bösen Blick.

Spinnt der jetzt total? Ich strecke ihm heimlich die Zunge raus. Ich ahne, wieso Susan und Alex Vorahnungen haben, aber sie waren nicht dabei, als Mr Cunningham und ich über meine *Arbeitsbedingungen* sprachen. Ich muss mir ein Lächeln verkneifen. Gut, dass beide nicht ahnen, wie *gründlich* Cunningham und ich eben dieses Thema besprochen haben.

»Ich habe hier einige Unterlagen für Sie. Zuerst die Verschwiegenheitserklärung, ich denke, das kennen Sie. Dann ein Organigramm, damit Sie eine Übersicht über unsere Firmenstruktur bekommen. Machen Sie sich damit vertraut, Mr Cunningham schätzt es, wenn seine Assistentinnen umfassend informiert sind. Dies ist Ihr Arbeitsvertrag, den Sie mir bitte unterschreiben wollen, und ich benötige einige Infos von Ihnen, ebenso wie Ihre Bankdaten. Hier die Firmenkreditkarte, mit der Sie alle betrieblichen Ausgaben bezahlen können. Dann werden Sie Mr Cunningham heute Abend zu einer längeren Geschäftsreise nach New York begleiten. Da seine Begleitung für die Eröffnung morgen Abend abgesagt hat, werden Sie als Ersatz einspringen.«

Ich erinnere mich an Melissa Alesandros Abgang und nicke wissend.

»Das kommt gar nicht infrage!«, platzt Alex heraus und stürmt wütend aus dem Zimmer.

Verwirrt blicken Susan und ich ihm nach.

»Es wird Abendgarderobe verlangt. Mr Cunningham wird wie immer Blau tragen. Matt wird sie morgen in New York abholen und zu *Maxime* fahren, damit Sie sich etwas Passendes aussuchen können. Wenn ich Ihnen einen Tipp geben darf, sollten Sie sich für Hellblau entscheiden.«

Mir schwirrt der Kopf. Die einzige Frage, die ich stellen kann, ist: »Warum blau?«

»Es passt zu seinen Augen!«

3

Alex stürmt in Rhys' Büro und schließt die Tür mit einem demonstrativen Knall. Dass Rhys gerade telefoniert, nimmt er nicht zur Kenntnis, wenn es ihn überhaupt interessiert.

»I'll call you back.« Rhys legt den Hörer auf und schaut seinen Partner prüfend an, wartet, dass er sein Verhalten erklärt.

»Du wirst sie nicht mit nach New York nehmen!«, ruft Alex aufgebracht und läuft vor dem großen Schreibtisch hin und her, dann bleibt er stehen, stemmt die Hände darauf und blickt Rhys wütend in die Augen. »Das lasse ich nicht zu.«

Lässig schiebt Rhys seinen Schreibtischstuhl ein wenig nach hinten und schlägt die Beine übereinander. Er legt die Fingerspitzen aneinander und fragt: »Ich denke, du sprichst von Jazman?«

»Natürlich spreche ich von Jaz, wen sollte ich sonst meinen?«

»Ich habe deine Schwester zu meiner Assistentin gemacht.«

Wütend schnauft Alex: »Das habe ich gehört und du wirst das rückgängig machen.«

»Hat sie das verlangt?«

»Nein, ich verlange es.«

»Warum?«

»Du fragst mich allen Ernstes *warum*?« Alex ist fassungslos.

»Alexander, ich weiß nicht, was dieser Aufstand hier soll. Deine Schwester suchte einen Job und ich habe ihr einen gegeben. Was ist daran verkehrt?«

»Was daran verkehrt ist?«

»Könntest du bitte aufhören, ständig meine Fragen zu wiederholen, wie ein durchgeknallter Papagei?«

»Ich kann dir sehr wohl sagen, was daran verkehrt ist – du bist ein Frauen verschlingender Playboy und ich möchte nicht, dass meine Schwester dein nächstes Opfer wird. Das ist daran verkehrt.«

Rhys wirft ihm nur einem kurzen Blick zu. »Du weißt, dass ich keine Affären mit meinen Assistentinnen habe, daher dürfte deine Schwester in Sicherheit sein.« Er rollt mit seinem Stuhl wieder an den Schreibtisch und greift zu seinem Telefon. »Außerdem ist sie nicht mein Typ.« Damit ist für ihn das Gespräch beendet.

»Du kennst meine Schwester nicht. Sie wird eher zu deinem Typ, als dir lieb ist.« Alex steht wie bestellt und nicht abgeholt im Raum, unschlüssig, ob er sich noch auf weitere Diskussionen einlassen sollte, doch dann besinnt er sich und verlässt grußlos den Raum.

Meine Koffer brauche ich gar nicht erst auszupacken. Allerdings weiß ich nicht, wie lange ich in New York bleiben werde. Vielleicht sollte ich Alex anrufen, doch genau in diesem Moment höre ich Geräusche an der Tür. Er steht im Flur und schaut missbilligend auf mein Gepäck.

»Hast du eine Ahnung, wie lange Mr Cunningham plant, in New York zu bleiben?«

Seinem Gesicht ist anzusehen, dass es ihm missfällt, was ich vorhabe. »Du solltest dir selbst einen Gefallen tun und hierbleiben.« Er lockert seine Krawatte, als wäre ihm viel zu heiß.

Ohne auf seine Worte zu achten, packe ich neu. Bücher und Surfanzüge mit Hawaii Sand raus, Shirts, Hosen, Blusen und Röcke rein. Dazu Unterwäsche, Schuhe und Toilettenartikel. Ich höre meinen Bruder im Hintergrund schwer atmen.

»Alex, ich weiß nicht, was du hast. Es ist ein Job, mehr nicht. Mr Cunningham ist dein Partner, ich verstehe nicht, was dich daran stört, dass ich nach New York fliege.«

Er kommt zu mir, nimmt meine Hände und schaut mir tief in die Augen. »Jazman, ich will nur dein Bestes, und Rhys ist es nicht. Er wird dir wehtun, so viel steht fest. Hast du nicht schon genug mitgemacht? Wenn du unbedingt nach New York willst, nehme ich mir Urlaub und fliege mit dir hin.«

Auch wenn ich Alex' Besorgnis verstehen kann, billigen werde ich seine Bevormundung auf keinen Fall. »Sorry, Alex! Du bist nicht unsere Mutter. Auch wenn ich bisher bei der Auswahl meiner Männer kein glückliches Händchen bewiesen habe, kann ich für mich selbst entscheiden. Es geht doch hier nicht um einen neuen Freund, sondern um einen Job, den ich übrigens dir verdanke, wenn ich dich einmal daran erinnern darf.«

Bevor er etwas erwidern kann, hören wir ein Auto vorfahren. Alex geht hinunter und öffnet die Tür, vor der bereits Rhys Cunningham steht.

»Rhys, du hättest dich nicht persönlich bemühen müssen, ich wollte Jaz gerne selbst zum Flughafen fahren.« Alex' Worte klingen lässig, doch ich höre seine Verletztheit aus ihnen heraus.

»Tut mir leid, Alexander, diese Fahrt kannst du dir sparen.«

Immer noch hänge ich mit dem Kopf über den Koffern, doch die Stimme von Cunningham bringt mich aus der Fassung. Was ich jetzt nicht dabei habe, werde ich in den Staaten besorgen, denke ich, als ich die Schlösser der Gepäckstücke einrasten lasse. Alex steht bereits wieder neben mir, um sie herunterzuschleppen. Ich folge ihm angespannt.

»Miss Darling, sind Sie soweit?«

Rhys' amerikanischer Akzent schickt Schauerwellen über meine Haut und treibt die Röte in mein Gesicht.

Ich komme mir vor wie ein Teenager, das muss unbedingt aufhören. Unsicher schaue ich Alex an, um seinen Gemütszustand einzuschätzen. Er lächelt mich an, wenn auch gequält. »Ich stelle den Rest deiner Reisetaschen in dein Zimmer. Du bist ja sicher nicht lange weg. Hab eine schöne Zeit.« Er zieht mich in seine Arme, küsst mich auf die Stirn und flüstert mir ins Ohr: »Pass auf dich auf!«

Meine Güte, mein Bruder tut ja gerade so, als würde ich zur Schlachtbank geführt. Er hat eindeutig ein paar Schritte in meiner Entwicklung nicht mitbekommen. Ich drücke ihn fest und drehe mich um. Mein Blick streift Cunningham, der bereits wartend am Wagen steht. Alex trägt meine schweren Koffer zum Auto, wo der Fahrer sie im Empfang nimmt und in den Kofferraum wuchtet. Zum Abschied küsse ich Alex noch einmal auf die Wange und lasse mich in den tiefen Sitz der Limousine gleiten. Draußen spricht mein Bruder noch kurz mit Cunningham und ich hoffe, dass er seinem Partner keine Anweisungen gibt, die Finger von mir zu lassen, das wäre mir peinlich. Die Männer reichen sich die Hände und Alex winkt mir noch einmal kurz zu. Als Cunningham schließlich neben mir Platz nimmt, setzt sich das Auto augenblicklich in Bewegung. Endlich! Der vorwurfsvolle Blick meines Bruders war keine Sekunde länger zu ertragen.

Wir reisen in einem Privatjet. Zu meiner Verwunderung fliegt Susan ebenfalls mit uns und wir führen ein angenehmes Gespräch über Kunst und Literatur. Cunningham ist die ganze Zeit über sehr schweigsam. Er sitzt mir gegenüber und sein Blick hält mich gefangen. Ich frage mich, woran er denkt? Vergeblich versuche ich mich auf etwas anderes als seine Gegenwart zu konzentrieren, doch immer wieder schaue ich ihn an. Er folgt zwar der Unterhaltung zwischen Susan und mir, sagt aber kaum etwas. Dafür beobachtet er jede Regung, jede meiner Gesten. Ich fühle mich ein wenig unbehaglich, versuche mir dies aber nicht anmerken zu lassen. Das ist jedoch nicht so einfach, wenn man Rhys Cunningham gegenübersitzt. Für einen Mann ist er auf den ersten Blick einfach zu schön. Sein Gesicht ist symmetrisch geformt. Die Augenbrauen dicht und ansprechend geschwungen. Seine Mundpartie ist fast ständig von einem Bartschatten umgeben, was ihm ein verwegenes Aussehen gibt. Perfekte weiße Zähne blitzen auf, wenn er spricht. Wie werden sie wohl strahlen, wenn er denn einmal lächelt? Er hat hohe Wangenknochen mit Grübchen und das Haar trägt er aus der Stirn gekämmt mit einem Seitenscheitel. Manchmal fällt ihm eine schwarze Strähne in die Stirn, die ich dann direkt zurückkämmen möchte, vorzugsweise mit meinen Fingern. Am beeindruckendsten sind jedoch seine klaren Augen mit ihren fünf verschiedenen Blautönen. Er sieht definitiv zu gut aus für einen Mann, daher verstehe ich seinen ewig grimmigen Ausdruck nicht, so, als wäre er sauer auf die ganze Welt, oder ... als hätte er etwas zu verbergen.

~

Nach der Landung ist der Zoll schnell erledigt und am Ausgang erwartet uns ein weiterer Fahrer.

»Hi, ich bin Matt Baker«, stellt er sich vor und reicht mir lächelnd die Hand.

Wir setzen Susan an ihrer Wohnung in Greenwich ab. Ich bin gespannt, wo man mich hinbringen wird. Zwar habe ich einige Jahre in den Staaten gelebt, aber bis New York bin ich nie gekommen. Ich bin fasziniert von diesen mächtigen Bauten und dem Pulsieren der Stadt. Obwohl es bereits fast zwölf Uhr nachts ist, herrscht noch reger Verkehr auf den Straßen. Unzählige gelbe Taxis kreisen durch die Stadt, Menschen warten an Ampeln und die blinkenden Leuchtreklamen lassen die Nacht zum Tag werden. Wir biegen auf die 5th Avenue ab und kurz darauf fahren wir in eine Tiefgarage mit Zugangscode.

»Wir sind da.« Cunningham öffnet die Tür, reicht mir die Hand, um mir aus dem Wagen zu helfen, und als ich sie ergreife, durchfährt mich eine Wärme, als würde ich auf eine heiße Herdplatte fassen. Ich bedanke mich für seine Hilfe und ziehe meine Hand schnell weg, als könnte ich mich verbrennen.

»Wir nehmen unser Gepäck direkt mit, ich brauche dich dann nicht mehr«, sagt Cunningham an Matt gewandt und nimmt ihm meine Koffer aus der Hand.

»Oh, ich kann sie auch alleine tragen.« Es ist mir peinlich, dass er mein schweres Gepäck schleppen will, ich versuche es Cunningham aus der Hand zu nehmen, doch ein Blick von ihm lässt mich verstummen.

»Nehmen Sie bitte meinen Kleidersack«, sagt er und ich folge seinen Anweisungen. Matt hat direkt vor den Fahrstühlen gehalten und Cunningham steckt eine Schlüsselkarte in den vorgesehenen Schlitz. Wir fahren direkt in die oberste Etage. Ich trage seinen Kleidersack über dem Arm, er ist nicht schwer, aber er duftet nach Rhys Cunningham. Der Geruch steigt mir direkt in die Nase und umnebelt mich. Es ist ein Gemisch aus Aftershave und Mann und ich muss mich zwingen, meine Nase nicht in den Kleidersack zu tauchen, so wunderbar duftet es. Verstohlen betrachte ich ihn und sehe, dass er mich in der Spiegelwand des Aufzugs beobachtet. Warum müssen diese Dinger eigentlich immer mit Spiegeln ausgekleidet sein? Dunkle Ziegelsteine würden es doch auch tun! Er spielt wieder den *stillen Beobachter* und mir flattert der Gedanke durch den Kopf, dass ich ihn gerne bei einer Nassrasur betrachten würde.

Der leise Gong und das Aufgleiten der Aufzugtüren bringen mich in die Realität zurück. Das muss der Schlafmangel sein, anders kann ich mir diese Gedanken nicht erklären.

~

Cunningham deutet auf eine weiße Tür zur Linken. »Hier geht es zu Matts Appartement«, dann zeigt er auf die rechte Seite, »hier ist Ihre Wohnung.« Aber er öffnet die Tür in der Mitte. »Wenn Sie mir folgen wollen?«

Wir betreten einen blauweißen Traum! Rhys Cunningham wohnt in einem riesigen Loft, dessen Hauptteil aus einem großen Wohnzimmer besteht, das an zwei Seiten von einer Fensterfront begrenzt wird, die einen atemberaubenden Blick über den Central Park freigibt. Mitten im Raum steht eine große Sitzlandschaft in Dunkelblau, die Wände sind aus rohem Backstein, weiß getüncht und mit vielen Kunstwerken versehen. Überall stehen Skulpturen aus Stein herum. An der rechten Seite führt eine Treppe in die obere Etage.

»Dort geht es zu den Schlafzimmern und den Bädern«, erklärt Cunningham mit einem Ton in der Stimme, als wenn der Zugang dorthin tabu wäre. Ein Teil der Deckenkonstruktion ist aus Glas und mit Wasser gefüllt, das von unten angestrahlt wird und bläulich schimmert. Mit offenem Mund stehe ich darunter und bin sprachlos.

»Das ist der Pool. Er ist über die obere Etage zu erreichen. Also wenn Sie einen Badeanzug eingesteckt haben?«, fragt Cunningham mit einem kaum verhohlenen Grinsen. Als ich nichts erwidere, zieht er eine Augenbraue hoch und wendet sich um.

»Hier ist die Küche«, er zeigt auf den offenen Küchenbereich, der an das Wohnzimmer grenzt, »die Tür daneben führt zu dem Fitnessraum. Dieser Raum ist auch von Ihrer Wohnung aus zugänglich. So müssen Sie nicht durch den Flur oder durch meine Wohnung.«

»Was befindet sich hinter der linken Wand?«, frage ich, da ich dort auch eine Tür entdecke.

»Das ist eines der Arbeitszimmer und eine Verbindung zu Matts Wohnung.«

Es würde Stunden dauern, sich alles genau anzusehen, doch er öffnet die Tür zum Fitnessraum und durchquert ihn schnell. Die Ausmaße dieses riesigen Raumes könnten einem Fitnesscenter Konkurrenz machen. Ich trete durch die nächste Tür, dann stehe ich endlich in meinem neuen Appartement.

~

Es ist vorwiegend in Weiß gehalten. Eine offene Küche mit einem Tresen, das Wohnzimmer mit weißer Ledercouch und mit Blick über New York.

»Ich lasse Sie jetzt allein, Miss Darling. Matt holt Sie um zehn Uhr ab. Wenn Sie Fragen haben, er ist auf dem Handy zu erreichen, Kurzwahltaste 3. Sie ahnen sicher, wer unter der 1 gespeichert ist.«

Ich lache flüchtig. »Ich kann es mir denken.«

Er lächelt mich an und ein warmes Gefühl macht sich in mir breit. Er sollte wesentlich mehr lächeln, dann würde er nicht mehr so abweisend wirken. »Ihren Bruder erreichen Sie unter der 2. Das Handy und die Schlüsselkarte liegen auf dem Tisch, Ihre Sachen habe ich im Flur abgestellt.« Er nimmt mir seinen Kleidersack ab, dann ist er auch schon verschwunden und ich bin allein in meiner neuen Welt.

Das Bad. Ein Traum aus schwarzem Marmor. Sehr edel, sehr teuer. Ich habe Angst, jeden Moment aus diesem wunderschönen Traum aufzuwachen. Die Duschkabine ist aus klarem Glas und wird matt, sobald man die Tür schließt. Oh Mann, ich fange gleich an, zu hyperventilieren. Dies hier ist absolut nicht meine Welt. Das Bett im Schlafzimmer ist aufgeschlagen und ein eingepackter Trüffel liegt auf meinem Kopfkissen, wie in einem verdammten Hotel. Ich öffne die Schränke und Schubladen. Alles wirkt so neu und unbenutzt. Nun, viel habe ich nach New York nicht mitbringen können, außer Kleidung und meinem Laptop.

Ich schaue auf die Uhr und stelle fest, dass es schon nach Mitternacht ist. In Deutschland sind sie sechs

Stunden weiter. *Ob Alex noch schläft?*, geht es mir durch den Kopf, und auch auf die Gefahr hin, ihn zu wecken, wähle ich die 2.

»Hi, Alex!«

»Wo bist du, Jaz?«, kommt anstelle einer Begrüßung. Er klingt hellwach.

»In dem Appartement der Assistentin.«

»Du redest jetzt doch wohl nicht von dem Appartement, das zu Rhys' Wohnung gehört?« Seine Stimme klingt eiskalt.

»Doch, ich glaube schon.«

»Du glaubst? Das verstehst du unter: Halte dich von Rhys fern? Ich muss unbedingt mit ihm reden.«

»Alexander, das wirst du schön lassen, verstanden? Misch dich hier nicht ein, okay? Ich bin erwachsen und weiß genau, worauf ich mich eingelassen habe. Ich will jetzt nicht mehr darüber reden, ist das klar?« Meine Stimme nimmt einen schneidenden Ton an, und er weiß, wenn ich seinen vollen Namen gebrauche, ist die Lage wirklich ernst, dann lasse ich mich auf keine weiteren Diskussionen ein.

»Okay, Jaz. Wie war dein Flug?«

»Danke, gut. Ich werde Cunningham morgen Abend zu einer Eröffnung begleiten.«

»Geht er den nicht mit Melissa?«

Mein Bruder scheint nicht besonders gut informiert zu sein. »Die liebe Melissa ist seit heute Mittag Geschichte. Es wundert mich, dass das noch nicht zu dir durchgedrungen ist. Ich muss jetzt leider auflegen, Alex.«

»Pass auf dich auf, Jaz«, sagt er noch schnell und es hört sich wie eine Drohung an.

Ich dusche und gehe zu Bett, doch ich kann nicht sofort einschlafen, sondern stehe wieder auf und trete an das Fenster, ziehe die Vorhänge zur Seite und blickte auf die glänzende Stadt hinunter. Ich kann es noch kaum glauben. Ich bin in New York!

~

Matt wartet am nächsten Morgen vor dem Gebäude in einer dunkelblauen Limousine auf mich. Als ich aus der Drehtür trete, steigt er aus und hält mir die hintere Tür auf. Ich komme mir so wichtig vor.

»Guten Morgen, Miss Darling«, begrüßt er mich freundlich und schenkt mir ein warmes Lächeln.

Ich bedanke mich höflich, steige in den Wagen und versinke fast in dem weichen Ledersitz der Rückbank. Der Wagen ist ein Audi A8. Ich kenne mich mit Autos aus und weiß, dass dieser zur Königsklasse gehört. Geschickt lenkt Matt die deutsche Edellimousine durch den Straßenverkehr von New York. Ich sehe aus dem Augenwinkel, wie er mich neugierig im Rückspiegel mustert. Er ist wohl in Alex' Alter, Mitte dreißig. Seine Haare sind braun und etwas länger, aber ordentlich geschnitten. Er hat zwar nicht die Größe von Cunningham, aber klein ist er auch nicht und sein Anzug sieht genauso teuer aus wie der seines Chefs. Seine wachen braunen Augen wandern stetig zwischen dem Verkehr und dem Rückspiegel hin und her. Erst als er sich zu mir umdreht, bemerke ich, dass wir angekommen sind.

Er steigt aus und hilft mir aus dem Wagen. »Möchten Sie, dass ich Sie begleite, Miss Darling?« Er öffnet mir galant die Eingangstür. Zuerst will ich ablehnen, doch ich empfinde seine Gesellschaft als angenehm. Ja, warum eigentlich nicht?

»Gern, Matt, und nennen Sie mich bitte Jaz, wir sind doch so was wie Kollegen.«

Matt schenkt mir ein weiteres Lächeln und meine Welt wird auf Anhieb ein wenig heller.

Sogleich werden wir von einer Verkäuferin in Empfang genommen, die Matt zu kennen scheint. »Hallo, Matt, Mrs Whitehead hat Sie bereits telefonisch angekündigt und ich habe gleich etwas Passendes für Miss Darling herausgesucht. Mein Name ist Anna, wenn Sie mir folgen wollen.«

Die Boutique ist sehr edel und ich komme mir in meinem schlichten Kostüm ziemlich deplatziert vor.

»Ja, die gute Susan. Wie immer allen einen Schritt voraus«, murmelt Matt und schenkt der jungen

Verkäuferin ein hinreißendes Lächeln, woraufhin sich deren Wangen rot färben.

Sie führt uns in den 1. Stock zu den Ankleidekabinen, dort gibt es eine Lounge, in der Matt wartend zurückbleibt. Die Kabinen sind so groß wie Alex' Wohnzimmer. An einer Kleiderstange hängen circa ein Dutzend Abendkleider in verschiedenen Blautönen.

Anna reicht mir eines in Dunkelblau, doch der Farbton passt so gar nicht zu mir.

»Für welchen Anlass benötigen Sie das Kleid?«

Gute Frage. »Eine Galerieeröffnung«, antworte ich vage.

»Was halten Sie von diesem?« Anna reicht mir ein eisblaues Kleid, das mit unzähligen kleinen glitzernden Perlen bestickt ist und an den kurzen Ärmeln sowie am Saum aus durchsichtiger Gaze besteht. Es hat einen tiefen Ausschnitt, der zwar einen BH unmöglich macht, aber trotzdem noch schicklich ist.

»Dieses Kleid wird ohne BH getragen«, meint Anna überflüssigerweise, aber ich werde diese Ausstellung auf keinen Fall ohne einen betreten. Meine Brüste sind zwar nicht übermäßig groß, aber zu üppig für solche Experimente.

Anna bemerkt mein Zögern und verlässt kurz die Kabine. Das Kleid ist einfach ein Traum. Ich kann gar nicht erwarten, es anzuziehen.

»Hier, tragen Sie diese dazu, ein Geheimtipp der Stars. Durchsichtige Haftschalen, die auf jeden Fall an ihrem Platz bleiben und alles an der richtigen Stelle halten.« Sie zwinkert mir zu, während ich mich entkleide. Ich schlüpfe vorsichtig in das Kleid, es ist einfach ideal, auch wenn ich schmunzeln muss, während ich alles dorthin stopfe, wo es hingehört.

Als ich aus der Kabine trete, räuspert sich Matt. »Wow, Jaz! Sie sehen wundervoll aus«, nickt er anerkennend und ich kann nicht anders, als mich vor dem Spiegel in alle Richtungen zu drehen. Ja, das ist definitiv mein Kleid.

»Soll ich es Ihnen zu den anderen Sachen einpacken?«, fragt Anna und ich verstehe nicht ganz, was sie damit meint, denn normalerweise gehöre ich nicht zu dem erlauchten Kreis, der in solch teuren Boutiquen einkauft.

»Mrs Whitehead hat Anweisung gegeben, dass wir passende Dessous, Strümpfe, Schuhe und eine Clutch einpacken.«

Sie schaut in Matts Richtung, der dort bereits bepackt mit zwei vollen Taschen steht.

~

Als er alles samt Abendkleid im Kofferraum verstaut hat, sieht Matt mich fragend an. »Was nun? Friseur und Make-up oder Essen?«

Ich bekomme große Augen. »Wie kommen Sie darauf, dass ich zum Friseur gehe?«

»Nun, Mr Cunninghams Begleitungen sind immer ...«

»Oh nein«, ich winke unsicher ab, »Matt, ich gehöre nicht zu Mr Cunninghams Bekannten oder Freundinnen, ich bin seine neue Assistentin.« Er schaut mich an, als wäre das das Gleiche.

»Also Essen. Was halten Sie von einem Sandwich?«, fragt er und trifft genau meinen Geschmack. Es ist mittlerweile Mittag und ich habe wirklich Hunger.

»Perfekt!«, seufze ich erleichtert.

Er hält mir wieder die Tür auf und ich zögere. »Matt, ich muss wirklich nicht hinten sitzen, und Sie müssen mir auch nicht immer die Tür aufhalten.«

»Jaz, das ist mein Job und Sie wollen doch sicherlich auch, dass ich ihn gut mache, oder?« Er zwinkert mir zu und ich kann diesem charmanten Lächeln einfach nicht widerstehen.

Er fährt uns zu einem kleinen Bistro, wo wir im Stehen ein Sandwich verdrücken und ich eine Diätcola trinke.

»Wie lange arbeiten Sie schon für Mr Cunningham?«

»Seit neun Jahren. Aber wir kennen uns bereits wesentlich länger.«

»Neun Jahre? Haben Sie direkt nach dem College bei ihm angefangen?«, frage ich neugierig.

Matt lacht. »Nein, so jung bin ich dann doch nicht mehr. Ich bin jetzt sechsunddreißig, Mr Cunningham und ich waren früher ... so was wie Nachbarn und es gibt nicht viele Leute, deren er sein Leben anvertraut. Ich bin nicht nur sein Fahrer, sondern auch für die Security zuständig.« Er macht eine Bewegung und ich sehe ein Waffenholster unter seiner Jacke. Keine Sekunde zweifele ich daran, dass er diese Waffe im Ernstfall auch benutzen wird.

»Ist es nicht mühsam, immer auf Abruf parat zu stehen?«, will ich von ihm wissen.

»Es ist angenehm, direkt neben ihm zu wohnen«, erklärt er schulterzuckend, als wäre er nichts anderes gewohnt.

~

Der Friseur, gegen den ich mich am Ende doch nicht überzeugend genug wehren kann, stellt sich als äußerst geschickt heraus. Obwohl meine Haare schon mächtig kurz sind, bringt er es fertig, diese so zu schneiden, dass sie danach länger wirken. Auch das Make-up benötigt einige Zeit, doch als ich endlich fertig bin, strahlt mich eine fremde, faszinierend schöne Frau im Spiegel an.

Matt zieht wieder seine Chauffeurshow ab. Mittlerweile ist es bereits fast achtzehn Uhr und ich habe keine Ahnung, wann diese Ausstellung eigentlich beginnen soll. Matt lenkt den Wagen in die Tiefgarage und öffnet mir die Tür, nimmt die vollen Taschen und wir betreten den Fahrstuhl. Vor der Tür zu meinem Appartement sagt er: »Ich werde Sie um neunzehn Uhr abholen.« Dann ist er bereits in seinem eigenen verschwunden.

Ich schließe die Augen und lasse den Tag Revue passieren. New York ist definitiv meine Stadt. Sie wirkt auf mich elektrisierend und ich habe mich verliebt. Verliebt in eine Stadt, die niemals schläft.

In knapp zwanzig Minuten bin ich fertig angezogen und gestylt. Als ich gerade meine Schuhe anziehe, klopft es an der Tür. Das wird Matt sein, um mich abzuholen, geht es mir durch den Kopf. Ich öffne schnell und merke, dass ich meine Clutch im Schlafzimmer vergessen habe. Die Tür schließt sich und als ich zurück ins Wohnzimmer komme, stehe ich Rhys Cunningham gegenüber. Er starrt mich für eine Sekunde überrascht an, dann hat er seine Gesichtszüge wieder unter Kontrolle. Vermutlich betrachte ich ihn genauso verblüfft wie er mich, denn er sieht einfach umwerfend aus in seinem dunkelblauen Anzug, dem ebenfalls dunkelbauen Hemd und der eisblauen Krawatte, die dem Farbton meines Kleides entspricht. Da hatte wohl Susan ihre Hände im Spiel. Ich sehe uns in der Spiegeltür des Badezimmers und finde, wir geben ein schönes Paar ab, auch wenn man uns als solches nicht bezeichnen kann.

»Miss Darling«, er nickt mir zu und muss offensichtlich schlucken. Obwohl er mich keinen Moment aus den Augen lässt, ist sein Blick ohne jegliche Regung und fast abweisend. Mir wird plötzlich ganz heiß, obwohl ich keine Jacke trage und die Unterwäsche kaum diese Bezeichnung verdient. Einerseits fühle ich mich nicht besonders wohl in meiner Haut, andererseits genieße ich das Gefühl, ihn aus dem Konzept gebracht zu haben. Ich wollte schon immer mit einem Raubtier spielen, das mir nicht gefährlich werden kann.

»Mr Cunningham«, erwidere ich so leise, dass es einem Flüstern nahekommt, und bin mir sehr wohl meiner Ausstrahlung bewusst.

Wir starren einander an und keiner ist willens, als erster den Blick vom anderen zu lösen. Die Atmosphäre ist spannungsgeladen, die Luft zwischen uns scheint zu vibrieren. Dann räuspert er sich und sagt: »Kommen Sie, Matt wartet in der Tiefgarage auf uns.«

Ich nehme meine Abendtasche und er führt mich zum Aufzug, der direkt in die Tiefgarage fährt. Wir berühren uns zwar nicht in der engen Kabine, aber seine Nähe raubt mir dennoch den Atem. Er riecht unsagbar gut nach Meer und Freiheit, und obwohl er sich rasiert hat, kann man schon wieder einige Bartstoppeln erahnen. Im Spiegelglas kann ich ihn ungeniert von allen Seiten betrachten, ich sehe, dass er dasselbe tut. Als die Türen sich öffnen, legt er seine Hand auf meinen nackten Rücken, um mir den Vortritt zu lassen. Es ist nur eine kleine Geste, doch sie überrascht mich und ich muss aufpassen, dass ich nicht ins Stolpern gerate. Ich bin so hohe Absätze nicht gewohnt, meine Schuhe lassen mich allerdings nicht mehr ganz so klein erscheinen, was mir gut gefällt.

Matt hält uns die Tür auf und wir steigen in einen Bantley, dabei wirft er mir ein bezauberndes Lächeln zu, das auch Rhys nicht entgeht.

Mit wenigen Worten informiert mich Rhys, dass wir auf dem Weg zur Eröffnung einer Ausstellung für junge Glaskünstler sind. Sie findet in der Cunningham Galerie statt. Als wir dort eintreffen, sind die Ausstellungsräume schon gut besucht.

Rhys wird von allen möglichen Leuten begrüßt, die mich mit neugierigen Augen mustern, er stellt mich als seine neue Assistentin vor. Es gibt sogar einige wenige, die nach Melissa fragen, doch er umgeht die Antwort mit einem charmanten Lächeln.

Es gibt wunderbares Fingerfood, von dem ich kaum wage zu kosten, ich habe Angst, dass mein Magen rebelliert, denn nach wie vor bin ich höchst angespannt. Ich spüre bei jeder Bewegung, wie mir Rhys' Blicke folgen und gebe mir größte Mühe so zu tun, als würde ich es nicht bemerken. Dennoch bewege ich mich bewusst etwas lasziver als sonst. Ich weiß, welche

Wirkung meine Frisur hat, sie betont meine wie ich hoffe erhabene Kopfhaltung und meinen schmalen langen Hals und lenkt den Blick gezielt in den tiefen Ausschnitt meines Kleides. Jedes Mal, wenn ich mich in dem prunkvollen Raum umschaue, erhasche ich in einem der zahllosen Spiegel einen flüchtigen Blick auf mich und auf meinen Chef, der für nichts anderes Augen zu haben scheint als mich.

Nach dem kleinen Stehimbiss folgen einige Reden, von denen eine Rhys hält. Das verschafft mir Zeit, einmal durchzuatmen und mir das Publikum genauer anzusehen. Es wimmelt nur so von Reichtum und Macht. Der Bürgermeister ist anwesend, einige Senatoren, so berichtet mir Trish, eine nach eigenen Angaben siebzigjährige Milliardärin und scheinbar gute Freundin von Rhys, die er mir im Vorbeigehen vorgestellt hat.

Ich muss mir Mühe geben, mir alle wichtigen Namen zu merken und fühle mich ein wenig unerfahren, schreibe mir daher gedanklich eine nicht ganz ernst gemeinte Notiz, sämtliche Persönlichkeiten New Yorks zu googeln. Trish ist auf ihre reizende Art sehr neugierig und ich muss Rede und Antwort zu meiner Herkunft stehen. Sie ist dabei so charmant, dass ich sie einfach nur nett finden kann. Sie kennt Alex und kann es nicht fassen, dass er mein Bruder ist. Da geht es ihr nicht besser als mir, denke ich schmunzelnd.

»Woher haben Sie dieses wunderbare Kleid, Jazman?«, fragt Trish mit einem Zwinkern.

»Von mir.« Cunninghams dunkler Bariton donnert über unsere Köpfe hinweg. Er hat mittlerweile seine Rede beendet und steht nun hinter uns.

»Rhys, deine neue Assistentin ist wirklich eine ganz bezaubernde Person. Du musst später unbedingt mit ihr tanzen.«

Eine Band hat mittlerweile angefangen zu spielen.

»Aber Trish, du weißt doch, dass Rhys nicht tanzt«, erklärt eine weitere Bekannte, die er mir vorgestellt hat. Trish lächelt nur und tätschelt Rhys liebevoll die Hand. Dieser beugt sich hinunter und küsst Trish auf die Wange. Mir geht das Herz auf und ich muss lächeln. Verstohlen beobachte ich, wie Rhys Trish etwas ins Ohr flüstert und leicht über ihre Wange streicht.

Die Gäste begutachten inzwischen die Ausstellungsstücke, wunderbare Gebilde aus Glas. Dann drängen sie sich an die Bar und auf der Tanzfläche. Ich bemerke, dass Rhys keinen Alkohol trinkt und auch ich halte mich an einem Glas Champagner fest, denn ich möchte meine Sinne beisammenhalten.

Zielstrebig bahne ich mir nach einiger Zeit einen Weg zu den Toiletten. Dort tummeln sich die Schönen, um Lidstrich und Lippenstift nachzuziehen. Als ich fertig bin, muss ich vor dem Waschbecken warten, als zwei dieser Schönheiten mir neidische Blicke zuwerfen.

Für einen Augenblick fühle ich mich absolut deplatziert.

»Hast du Rhys Cunningham gesehen? Er sieht heute mal wieder umwerfend aus. Ich habe gehört, dass es mit Melissa aus ist. Vielleicht werde ich ihn zum Tanzen auffordern, auch wenn Emily meint, dass er niemals tanzt«, zwitschert das brünette Vögelchen und klimpert mit ihren unechten Wimpern.

»Vielleicht kann er gar nicht tanzen?«, säuselt das blonde Vögelchen und beide flattern aufgeregt davon, nachdem sie mich mit einem vernichtenden Blick gestraft haben. Ich verdrehe genervt die Augen und wasche meine Hände.

Als ich den Raum verlasse, lehnt Rhys an der gegenüberliegenden Wand und telefoniert. »In einer Stunde«, spricht er in sein Handy und legt auf.

»Das hier ist die Damentoilette.«

Er grinst und mir wird wieder warm ums Herz. Die Vögelchen hatten recht, er sieht wirklich umwerfend aus, wenn auch auf eine geheimnisvolle dunkle Weise.

»Kommen Sie.«

Er nimmt meinen Arm. Vermutlich ist die Party jetzt vorbei. Doch anstatt den Ausgang anzusteuern, führt er mich auf die Tanzfläche. Meine Überraschung könnte nicht größer sein. Die Musik spielt ein sehr langsames Stück und ich lasse mich von Rhys in die Arme nehmen. Im Stillen bedanke ich mich bei meiner

Mutter, dass sie auf Tanzstunden bestanden hat. Schnell spüre ich, wie souverän er führt. Seine Hand auf meinem Rücken ist warm und fest, wir bewegen uns in einem so langsamen Rhythmus, dass man glauben könnte, wir stünden still. Ich spüre seinen Oberschenkel an meinem Bein und ein wohliges Gefühl breitet sich in mir aus. Die beiden Vögelchen am Rande der Tanzfläche starren ungeniert zu uns herüber, deshalb lege ich langsam einen Arm um Rhys' Nacken. Eine verwegene Geste, ich spüre, wie seine Körperspannung für den Hauch eines Augenblicks zunimmt, dann scheint er sich wieder zu entspannen. Ich sehe die versteinerten Mienen der beiden Beobachterinnen und wie sie tuschelnd die Köpfe zusammenstecken.

»Sie machen eine Menge Frauen eifersüchtig«, flüstert Rhys ganz nah an meinem Ohr und seine erotische Stimme beschert mir ein Kribbeln am ganzen Körper. Obwohl mein Kopf plötzlich schwipsig leer scheint und ich das Gefühl habe, als könne ich nicht mehr richtig atmen, nutze ich die Chance und presse mich ein wenig enger an ihn heran. Er nimmt dies offensichtlich wahr und erhöht seinerseits den Druck seines Griffs kaum merklich, während wir uns sanft zur langsamen Musik wiegen.

Ich weiß genau, dass er nur ein wenig mit mir spielt und da ich dieses Spiel wider Erwarten sehr genieße, lasse ich mich gerne darauf ein. Wenn dieser Abend vorbei ist, dann wird der Zauber wie bei Cinderella verfliegen und wir sind beide wieder geschützt durch die Sicherheit unserer unumstößlichen Prinzipien.

»Ich möchte niemanden eifersüchtig machen, aber wie steht es mit Ihnen?«, frage ich daher leise und er schaut mich überrascht an. Ich erwidere seinen Blick lächelnd, während ich in dem Blau seiner Augen versinke.

»Warum glauben Sie, dass ich jemanden eifersüchtig machen will?«

»Weil mir zu Ohren gekommen ist, dass Sie niemals tanzen.«

»Und wo ist Ihnen das zu Ohren gekommen?«

»In der Damentoilette.«

Er grinst. »Habe ich Ihnen schon gesagt, wie wundervoll Sie heute Abend aussehen?«

»Nein, aber danke. Ich denke allerdings, meinem Bruder würde das nicht gefallen.«

»Dann sorgen wir dafür, dass er es nicht erfährt.«

Ich könnte die ganze Nacht mit ihm tanzen, auch wenn meine neuen Schuhe mich umbringen. Er hält meine Hand fest in seiner und streichelt mit dem Daumen leicht über meinen Handballen. Es ist eine sehr intime Geste, die mich elektrisiert. Alex hatte recht, er ist gefährlich. Weiß ich eigentlich, was ich hier tue? Habe ich mein kleines Spiel wirklich noch unter Kontrolle? Plötzlich wird mir ein wenig mulmig und ich will hier raus, doch Rhys hält mich fest in seinen Armen. Als ich versuche den Abstand zu vergrößern, verstärkt er den Druck und zieht mich noch fester an sich.

»Warum wollen Sie flüchten, Miss Darling?«

Ich schlucke und weiß keine Antwort. Was sollte ich ihm auch erwidern? *Es ist zu schön, ich ertrage diese Nähe nicht? Mein Bruder hat mich vor Ihnen gewarnt?*

»Ich möchte nicht, dass man über Sie spricht«, ist meine lahme Antwort.

Er bleibt plötzlich stehen. Hätte er mich nicht gehalten, wäre ich gefallen. »Worüber sollen die Leute denn reden, Jaz? Doch nur worüber sie sich ohnehin schon den ganzen Abend das Maul zerreißen. Ich denke, wir sollten ihnen wirklich etwas zum Tratschen geben«, sagt er und senkt seine Lippen auf meine.

Ich bin im ersten Moment so überrascht, dass ich einfach nur da stehe und es über mich ergehen lasse. Sein Mund ist kühl und ich spüre seine Zunge, die gegen meine Lippen drängt. Ich öffne sie, um ihn einzulassen. Er schmeckt nach Pfefferminz und ich kann nicht anders, als ihn ebenfalls zu küssen. Heiße Wellen fluten meinen Körper. Der Druck seiner Lippen ist so präsent, dass mir ganz schwindelig wird. Ich höre mein Blut rauschen, als würde ich mir eine Muschel ans Ohr halten und mein Herz rast wild, als hätte ich den New York Marathon gewonnen. Ich bin ihm völlig ausgeliefert. Aber so schnell, wie dieser Kuss begonnen hat, ist er auch schon wieder vorbei, denn plötzlich steht Melissa neben uns und zieht Rhys förmlich von mir weg.

»Hast du den Verstand verloren?«, brüllt sie so laut, dass die umherstehenden Menschen ihre Köpfe in unsere Richtung drehen.

Rhys ballt die Faust und sein Blick nimmt etwas Bedrohliches an.

»Melissa! Mach jetzt keine Szene«, sagt er im ruhigen Ton und schiebt mich ein wenig hinter seinen Rücken.

»Rhys, nimm dich in Acht! Du weißt, ich bin rasend eifersüchtig«, droht Melissa schon wesentlich leiser.

Rhys nimmt meine Hand. »Komm, wir gehen!« Er führt mich von der Tanzfläche, verabschiedet sich schnell von Trish und steuert mit mir dem Ausgang entgegen. Als ich mich umschaue, sehe ich Melissa mit zorngerötetem Gesicht allein auf der Tanzfläche stehen.

4

Für meine Verhältnisse sitzen wir viel zu eng beieinander, doch ich wage es nicht, von ihm abzurücken. Er hält die ganze Zeit meine Hand und ich bin nicht mutig genug, um sie ihm zu entziehen oder Rhys anzusehen.

»Ist alles in Ordnung?«, fragt er und beugt sich ganz nah zu mir herüber. Mir bleibt nichts weiter übrig, als ihm doch in die Augen zu blicken, ich weiß nicht, was ich sagen soll. *Nein, mir ist ganz schwindelig von deiner Nähe? Nein, ich spüre immer noch deine Lippen auf meinen und möchte mehr davon? Nein, ich bin so wütend auf Melissa, dass ich ihr den Kopf abreißen könnte, für ihr ungebührliches Verhalten und dass sie diesen schönen Abend kaputtgemacht hat?*

»Ja, danke. Es geht schon«, versuche ich zu lächeln, was mir wohl ziemlich misslingt, denn er legt den Arm um mich und zieht mich an sich. Ich zittere, versuche jedoch Haltung zu bewahren, ihm nicht zu zeigen, wie durcheinander er meine Gefühle bringt. Ich sollte das nicht zulassen, doch ich kann mich auch nicht dagegen wehren. Was macht er nur mit mir? Ich bin nicht mal drei Stunden mit diesem Mann zusammen und schon zerfließe ich wie Butter in der Sonne und bin machtlos gegen seine Zärtlichkeiten. Mein genialer

Plan, mich auf sein Spiel einzulassen und dabei cool die Fassung zu bewahren, ist kläglich gescheitert. Wie soll ich nur nach diesem Kuss noch unbefangen mit ihm arbeiten? Fast bin ich ein wenig zornig. Auf mich selbst aber auch auf ihn. Kann er sich denn überhaupt nicht beherrschen? Ist es das, wovor mein Bruder mich warnen wollte?

»Gut so?« Er fährt wieder mit seinem Daumen über meinen Handrücken, das macht mich total kribbelig. Oh Gott, wann ist diese Fahrt endlich zu Ende? Ich muss aus diesem Wagen heraus, weg von Rhys Cunningham und seinen Liebkosungen.

Die Fahrt dauert zum Glück nicht lange. Matt hält vor dem Aufzug, sodass wir von dem Bentley direkt in den privaten Fahrstuhl steigen können. Ich schenke Matt ein leises »Danke«, als er mir die Tür aufhält. Fast hätte ich ein Stirnrunzeln erwartet, oder ein schadenfrohes Grinsen, doch nichts davon kann ich in seinem Gesicht ausmachen.

Einerseits bin ich froh, das Matt erst noch den Wagen parken muss und ich somit allein mit Rhys im Fahrstuhl stehe, andererseits ist mir seine Nähe auf diesen fünf Quadratmetern doch zu viel. Um mich abzulenken, krame ich in meiner Abendtasche nach der Schlüsselkarte für mein Appartement, kann sie jedoch nicht finden. »Mist«, ich habe sie auf dem Tisch liegen lassen.

»Was ist?«, fragt Rhys und stößt sich von der Spiegelwand ab, an der er gelehnt hatte, um mich zu beobachten.

»Ich habe meinen Schlüssel vergessen. Diese Karte …«

»Sie können durch meine Wohnung in Ihre Räume gelangen«, erklärt er knapp. »Ich muss Ihnen ohnehin noch ein paar Unterlagen geben. Morgen früh findet eine Vorstandssitzung statt und ich möchte, dass Sie daran teilnehmen.«

Ich weiß nicht, was mich mehr irritiert, seine plötzliche Förmlichkeit oder der harte Ton in seiner Stimme. Schnell schließe ich die Wohnungstür hinter uns, denn ich sehe den Fahrstuhl wieder heraufkommen und ich möchte vermeiden, dass Matt sieht, wie ich in Rhys' Wohnung verschwinde. Warum mir das so wichtig ist, weiß ich nicht genau, aber ich möchte nicht, dass Matt sich ein falsches Bild von mir macht. Mir ist es von großer Wichtigkeit, dass er in mir lediglich die Angestellte von Rhys Cunningham sieht und nicht eine seiner potentiellen Geliebten.

»Ich hole schnell die Unterlagen«, sagt Rhys und verschwindet hinter der Tür, die zu seinem Arbeitszimmer führt.

Ich gehe weiter ins Wohnzimmer, das ich mir nun in aller Ruhe ansehen kann. Das Licht ist gedimmt und man hat einen wundervollen Blick auf den Central Park, der mir zu Füßen liegt. Noch viel mehr als die wunderschöne Aussicht interessieren mich die Skulpturen, die überall verteilt im Raum stehen. Eine Figur aus blauem Marmor fällt mir besonders ins Auge. Sie stellt in groben Zügen einen Frauentorso dar. Üppige Hüften und Oberschenkel, die Arme in die Luft gestreckt. Es ist eindeutig ein Frauenkörper.

»Sie ist aus Carrara Marmor.«

Ich habe nicht gehört, dass Rhys hinter mich getreten ist, so vertieft bin ich in die Betrachtung der Figur.

»Sie ist wunderschön. Ich dachte bisher immer Carrara Marmor wäre weiß.«

»Nein, es gibt ihn in vielen Farben. Der Graphitanteil färbt den Stein blau.«

»Sind diese Skulpturen alle von einem Künstler?«, frage ich und sehe mich in der Wohnung um. Ich entdecke fast zwanzig dieser Gebilde sein.

»Ja.«

»Sie mögen seine Arbeiten. Hat er einen bekannten Namen?«

»Nein, es ist eher der symbolische Wert, der mir an den Arbeiten gefällt.«

Hm, welche Symbolik sich wohl dahinter verbergen mag?

Rhys hält eine Kladde in den Händen, die wie ein Schutzschild zwischen uns steht.

»Sind das die Unterlagen?«, frage ich und atme tief aus. Ich muss mich dringend auf etwas anderes konzentrieren, als auf die körperliche Präsenz dieses Mannes.

»Ja, es geht um die Stiftung für bildende Künste, deren Ausstellung wir heute Abend besucht haben. Morgen findet die jährliche Vorstandssitzung statt. Hat Susan Ihnen das Organigramm gegeben?«

Ich nicke. »Ja, Sie hat mir die Unterlagen bereits ausgehändigt.«

»Auch die Kreditkarte?«

»Ja, auch die, aber ich glaube nicht, dass ich sie oft benutzen werde.«

Er schaut mich verständnislos an. »Warum nicht?«, fragt er und geht hinüber, um den CD-Player zu starten. Leise Musik erklingt.

»Nun, ich wüsste nicht, welche Betriebsausgaben ich tätigen müsste und ich bin es gewohnt, für meine Kleidung selbst zu bezahlen. Es gibt mir kein gutes Gefühl, wenn das ein anderer tut.«

»Sie meinen, wenn ich Ihre Kleidung bezahle?« Er nimmt mir die Mappe aus der Hand und legt sie zur Seite. Dann berührt er mein Gesicht mit beiden Händen. »Sie arbeiten ab jetzt für mich, da ist es nur logisch, dass ich auch Ihre Arbeitskleidung bezahle, genau wie Matts Anzüge oder seine Krawatten.« Seine Daumen streicheln meine Schläfen und er beugt sich über mich. Im ersten Moment denke ich, dass er mich wieder küssen wird, doch er kommt mir nur unheimlich nah. »Sie wollen Alex schützen, nicht wahr? Sie haben Angst, wenn Sie sich auf mich einlassen, dass er vollkommen ausflippen wird.«

Ich nicke, weil ein großer Kloß in meinem Hals sitzt und mein Herz so laut pocht, dass ich Angst habe, er könnte es hören. Aber ich kann nicht so einfach gehen, automatisch hebe ich die Hand und streiche über seine Wange, die übersät ist mit Bartstoppeln, was sich höllisch sexy anfühlt.

»Haben Sie auch nur die geringste Ahnung, was Sie für eine Wirkung auf mich haben, Jazman Darling?« Als er meinen Namen ausspricht, fühlt es sich wie eine Liebkosung an und warme Schauer laufen über meinen Rücken. Er bemerkt es und zieht mich in seine Arme. Langsam beginnt er, sich zum Takt der Musik mit mir im Kreis zu drehen. »Wir waren mit unserem Tanz noch nicht fertig.«

Das langsame Jazzstück wirkt beruhigend und erregend zugleich. Meine Arme wandern von allein zu seinen Schultern und legen sich um seinen Nacken. Ich fühle die Stärke, die in diesem Körper steckt. Er nimmt mir die Luft zum Atmen, doch das weiß er sicherlich. Bestimmt reagiere ich, wie jede andere Frau in seiner Nähe, und doch möchte ich plötzlich etwas ganz Besonderes für ihn sein.

»Ich glaube, es wäre besser, wenn ich mir doch einen anderen Job suche.« Es ist mein letzter Versuch, unbeschadet aus dieser Sache herauszukommen. Ich spüre nämlich, wie *meine* Prinzipientreue dahinschwindet. Und da ich mich nur dann mit jemandem einlasse, wenn ich etwas für ihn empfinde – so war es jedenfalls bei Hunter -, stecke ich bereits ziemlich tief in Schwierigkeiten.

Ohne unseren Tanz zu unterbrechen, schaut Rhys mir ins Gesicht. »Sie meinen, Sie sollten nicht für *mich* arbeiten?«

Ich lehne meinen Kopf an seine Schulter und sage: »Richtig. Es ging mir in den letzten Wochen nicht gut und deshalb bin ich zurück nach Frankfurt gekommen, er will nicht, dass mir das noch einmal passiert ...«

»Was noch einmal passiert?«

Mist, ich wollte auf keinen Fall darüber sprechen, daher schüttele ich einfach nur den Kopf und bewege mich langsam weiter zur Musik.

Rhys Hände gleiten sanft über meinen nackten Rücken und ich wünsche mir, dass dieser Moment niemals enden möge. Doch ich bin keine siebzehn mehr, auch wenn Alex mich noch oft so behandelt. Ich weiß, dass dieser Moment ein Ende finden muss. Wenn ich weiter mit dem Feuer spiele, dann werde ich mit Haut und Haaren verbrennen.

»Weißt du, Jaz, dass du mich von der ersten Sekunde an berührt hast?«

»Im Fahrstuhl?«, frage ich verblüfft und übergehe einfach, dass er zum Du übergegangen ist.

»Nein, als ich dich auf den Treppenstufen in Alex' Haus habe sitzen sehen. Da war mir sofort klar, dass ich dich will.«

»Als deine Assistentin?« Ich halte den Atem an.

Mittlerweile ist Rhys stehen geblieben. »Du weißt, was ich meine.«

Natürlich weiß ich, was er meint. Ich mache mich verhalten von ihm los. »Ich glaube, das ist keine gute Idee. Bitte, mach diesen Abend nicht kaputt. Er ist seit langem das Schönste, was mir widerfahren ist.«

Rhys schaut auf mich hinunter, sein Blick ist unglaublich intensiv. » Ich will dich, nicht nur als meine Assistentin. Ich will dich unter mir, ich will deinen Körper spüren und ich weiß, dass du das auch willst, Jaz.«

Ich schnappe mir die Mappe, will ihn stehen lassen und in mein Appartement fliehen, doch Rhys zieht mich an der Hand zurück. »Ich bekomme immer genau das, was ich will. Merke dir das. Matt wird dich morgen früh ins Büro bringen.« Er küsst meine Hand und lässt mich gehen.

~

Die Hände fest zu Fäusten geballt, steht Rhys im Wohnzimmer und hört, wie die Tür des Fitnessraums ins Schloss fällt. Es ist gut, dass sie gegangen ist. Was ist nur in ihn gefahren, sie einfach auf der Tanzfläche zu küssen? Herrgott noch mal, sie ist die Schwester seines Geschäftspartners, ein Mann, dem er mehr vertraut als den meisten. *Wo ist nur mein gesunder Menschenverstand geblieben?*, schießt es ihm durch den Kopf. Er sollte versuchen sie wieder loszuwerden.

Rhys berührt die blaue Marmorstatue, die ihr so gut gefällt. Aber ist es nicht dafür schon längst zu spät? Er kann sie nicht mehr gehen lassen. Verdammt! Er will sie, vorzugsweise nackt auf den Knien vor sich. Wenn er an ihre Augen denkt, die ihn so unschuldig anblicken, dann könnte er sich vergessen. Diese blauen Augen, die eigentlich hellgrün sind. Das erkennt man jedoch nur, wenn man ihr nah genug ist, um sie zu küssen. Verflucht! Er wird sich eine Menge Ärger mit Alex einhandeln, aber das ist ihm Jazman Darling inzwischen allemal wert!

~

Nach der Dusche am nächsten Morgen fühle ich mich keinesfalls besser. Der gestrige Abend sitzt mir in den Knochen, als hätte ich die ganze Nacht durchgefeiert, dabei bin ich vor zwölf ins Bett gegangen. Ich entscheide mich für ein dunkles Kostüm mit weißer Bluse. Zwar ist es nicht richtig blau, sondern eher dunkelgrau, kommt aber einem Blauton schon sehr nahe. Ich ziehe meine Schuhe an, die neben den High Heels von gestern Abend stehen, und sofort sind die Bilder wieder in meinem Kopf. Bilder von dunkelblauen Augen und sinnlichen Lippen auf meinem Körper, die mich die ganze Nacht verfolgt haben. Wie ich den Tag überstehen soll, ist mir unerklärlich. Obwohl ich noch über eine halbe Stunde Zeit habe, beeile ich mich, in die Küche zu kommen, um noch etwas zu frühstücken, auch wenn ich keinen Brocken herunterbekomme. Der Kühlschrank ist gut gefüllt, doch ich mache mir nur schnell einen Kaffee und trinke ihn im Stehen, bis mein Blick im Wohnzimmer hängenbleibt.

Auf dem weißen Couchtisch steht die blaue Marmorfigur, über die ich gestern mit Rhys gesprochen habe. Im ersten Moment weiß ich nicht, worüber ich mich mehr ärgern soll: dass er sich meinetwegen von diesem Teil trennt, oder dass er so einfach meine Wohnung betreten hat!

~

Matt klopft pünktlich um fünf vor neun an meine Tür.

»Sind Sie fertig?«

Sein fröhliches Gesicht tut mir gut. Ich hole meine Tasche und achte darauf, dass ich an die Schlüsselkarte denke.

»Wir haben es nicht weit«, sagt Matt, als er den Fahrstuhl ruft.

Zu meiner Überraschung fahren wir nur eine Etage tiefer.

»Dieses Gebäude gehört der CuDa Holding und hier befinden sich auch die Räume der Geschäftsleitung«, klärt Matt mich auf. »Sie brauchen sich also nicht jeden Morgen durch die Rushhour zu kämpfen.«

Ich bin überrascht und mir wird klar, dass ich so gut wie gar nichts über Alex' Arbeit und schon gar nichts über sein Vermögen weiß.

Als ich die Chefetage betrete, herrscht eisiges Schweigen. Matt überlässt mich Abigail, die ein Abbild von Claudia in Frankfurt ist. Sie zeigt mir erst mein Büro, dann führt sie mich zu Rhys, dessen Büro direkt neben meinem liegt. Ich erwarte, auf Susan mit ihrem strengen Blick zu treffen, doch Rhys ist allein.

»Bitte, schließ die Tür«, weist er mich an.

Oh je, sein Gesicht ist verschlossen und es strahlt wieder diese elegante Düsterkeit aus, die mich frösteln lässt. Er trägt einen sehr eleganten dunkelblauen Anzug mit einem weißen Hemd, silbernen Manschettenknöpfen und gleichfarbiger Krawatte und er sieht sehr mächtig aus. Er zeigt auf einen der Besucherstühle vor seinem Schreibtisch. Eine Vorahnung beschleicht mich. *Er ist endlich zur Vernunft gekommen und wird mich feuern,* läuft in einer Endlosschleife vor meinem inneren Auge ab.

»Ich habe heute Morgen mit Alex gesprochen.«

Ich warte ab. Kein *Guten Morgen, wie war deine erste Nacht?* Das wird auf jeden Fall ein Rausschmiss.

»Ich kann mir denken, was Alex von dir wollte.«

»Weißt du auch, was ich von Alex wollte? Denn ich habe *ihn* angerufen. Auch wenn er dein Bruder ist, denke ich, dass er dir die Wahl überlassen sollte, ob du weiter für mich arbeiten willst. Dir ist die sexuelle Spannung zwischen uns bekannt. Der gestrige Abend hat gezeigt«, er weicht meinem Blick für einen Sekundenbruchteil aus, dann sieht er mich wieder starr an, »dass ich gelegentlich ein wenig inkonsequent bin.« Wieder flackert sein Blick, allerdings nur so kurz, dass ich fast nicht sicher bin, ob ich es richtig beobachtet habe. Er fährt ungerührt fort: »Ich will dich. Die Entscheidung liegt bei dir.«

Die Nüchternheit in seiner Stimme lässt mich aufhorchen. Es ist beleidigend, wie ein Handelsgut betrachtet zu werden, über das rationell entschieden werden muss.

»Nun, ich habe gerade erst eine Affäre hinter mir, die nicht gut geendet ist. Mir ist ganz bestimmt nicht danach, mein Leben erneut zu komplizieren. Ich weiß nicht, ob meine Selbstdisziplin ausreicht, um mich gegen deine Avancen auf Dauer zu wehren, aber ich schwöre, dass ich mich professionell verhalten werde, wenn du es auch tust. Ich will diesen Job. Und ich habe noch nie auf das gehört, was mein Bruder mir vorschreiben wollte.«

Rhys sieht mich lange an, als versuche er, in meinem Gesicht zu lesen. Doch ich schaue geschäftsmäßig zurück. Mit keinem Wort erwähne ich seine Zärtlichkeiten von gestern Nacht. Entgegen seiner Versicherung, nie etwas mit seiner Assistentin anzufangen, hat Rhys Cunningham mich gestern vor großem Publikum liebevoll umgarnt und dann mit kaum verhohlener Leidenschaft auch noch geküsst. Und ich habe diesen Kuss nicht nur erwidert, sondern auch genossen. Wir beide wissen, dass die letzte Nacht auch ganz anders hätte enden können, als sie dann schließlich endete. Es ist beinahe so, als hätten sich zwei Spieler am Pokertisch getroffen, nur um festzustellen, dass sie auf ähnlich hohem Niveau miteinander spielen werden. Ja, das ist ein Bild, das mir gefällt. Dabei komme ich gut weg. Besser, als ich es verdient habe, denn ich fühle mich Rhys Cunningham überhaupt nicht gewachsen, wenn ich ehrlich bin. Allmählich befürchte ich, dass ich nur verlieren kann. Meinen Stolz, meine Integrität, mein Herz.

»Gut«, nickt Rhys, lächelt aber nicht.

Ich recke mein Kinn vor und schaue ihm geradewegs in die Augen. Es gibt nichts, wofür ich mich schämen müsste, ich bin eine erwachsene Frau aus Fleisch und Blut und keine seiner unvollendeten Marmorfiguren.

»Dann lass uns gehen.«

»Das heißt, ich bin nicht gefeuert?«

»Warum sollte ich dich feuern?«

Um deinen Partner nicht zu verärgern, denke ich, spreche es aber nicht aus.

»Die Sitzung findet drüben im Briefingroom statt. Bist du bereit?«

Zögerlich erhebe ich mich. »Ich weiß nicht, wie ich reagieren soll, wenn mich jemand auf gestern Abend anspricht. Immerhin gab es jede Menge Zeugen. Was soll ich sagen, wenn ich danach gefragt werde?«

Rhys hat sich ebenfalls erhoben und kommt um den Schreibtisch auf mich zu. Er nimmt meine Hand und zieht mich näher zu sich heran. »Was wäre denn deine Antwort, wenn du gefragt würdest?«

Wie immer, wenn ich in Rhys' Nähe bin, kommt mein Blut in Bewegung. Es brodelt erst ganz leicht, bis es dann langsam anfängt zu sieden. »Dass es ein Kuss unter Freunden war?« So ein Unfug, wer würde das denn glauben?

»War es das?«

Ich schüttele langsam den Kopf und kann mich nicht von seinem eindringlichen Blick lösen. »Nein, wir haben nur der Meute etwas zum Fressen vorgeworfen.«

»Genau so war es und das werden wir so sagen, wenn uns jemand darauf anspricht. Aber glaube mir, es wird niemand wagen, das Thema anzuschneiden.«

Ich lächele und überlege. Aha. Wir haben die Leute verarscht, mehr nicht. Damit könnte ich leben, wären wenigstens welche in seinem Appartement dabei gewesen. Ich bin leicht enttäuscht, unter vier Augen hätte er ruhig mal ein wenig mehr preisgeben dürfen.

Den Gedanken habe ich noch nicht ganz zu Ende gedacht, da schließt er mich plötzlich in seine Arme. »*Dieser* Kuss, Jaz, ist jedoch nur für uns bestimmt.« Er küsst mich nicht so wie gestern, leicht und zärtlich, sondern rau und hart. Dabei drückt er mich immer weiter nach hinten, bis ich an der Fensterfront ankomme. Seine Bartstoppeln kratzen über meine Haut und ich habe das Gefühl, als würde mein Gesicht jeden Augenblick in Flammen aufgehen. Das Feuer erfasst innerhalb von Sekunden meinen ganzen Körper, eine ungeheure Hitze breitet sich auch in meinem Unterleib aus. Rhys umfasst meine Taille und presst mich an sich. Eine Hand gleitet weiter, bis sie auf meinem Po zu liegen kommt. Ich kann es nicht verhindern, mein Körper gibt seinem Druck bereitwillig nach und will mehr. Ich hebe mein rechtes Bein leicht an, er reagiert sofort und zieht es zu sich hoch, schiebt seine Hand unter den Stoff meines Rockes, der längst nach oben gerutscht ist, findet den Weg unter meinen dünnen Slip und streichelt mit seinen Fingern über meine nackte Haut. Sein Kuss will nicht enden, er raubt mir die Sinne, mein Atem kommt plötzlich nur noch stoßweise. Meine Finger habe ich inzwischen längst in seinem Haar vergraben.

Seine Erektion spüre ich durch unsere Kleidung und stöhne auf bei dem Gedanken, wie sehr ich ihn will, hier und auf der Stelle. Ich weiß nicht mehr, wer jetzt wem ausgeliefert ist, es tut unglaublich gut zu fühlen, wie er sich mitreißen lässt von meiner Lust. Seine Gier nach mir ist so erregend, dass mir ein weiteres Stöhnen über die Lippen kommt. Ich spüre, wie Rhys zittert.

»Oh Mann, du machst mich fertig!«, flüstert er und vergräbt seine Finger noch tiefer in meinem Haar.

Das Schrillen der Telefonanlage lässt uns auseinanderfahren wie Jugendliche, die heimlich hinter der Hecke geknutscht haben.

»Scheiße«, murmelt er und lässt mich abrupt los.

Ich habe Angst, dass jemand das Büro betreten könnte, wenn er nicht schnell genug ans Telefon kommt, doch er hebt bereits ab und meldet sich barsch. Dann hört er einige Sekunden zu. »Ja, Susan, wir sind auf dem Weg.«

Er legt auf und schaut mich an.

»Die Sitzung?«, frage ich und er nickt ergeben.

Ich richte meine Kleidung wieder her und fahre mir durch mein Haar, das ohnehin in gewohnter Unordnung tut was es will.

»Alles okay bei dir?«, fragte er und bleibt hinter seinem Schreibtisch auf Abstand.

Ich versuche einen gelassenen Gesichtsausdruck aufzusetzen, weiß aber, dass mein Gesicht gerötet ist, nicht nur von seinen Barthaaren.

»Ja, alles okay, ich hole schnell noch meine Tasche.« Zumindest habe ich meine Stimme wieder im Griff.

»Gut. Und Jaz, wird sind hiermit noch lange nicht fertig.«

Das sehe ich genauso, aber das muss er nicht gleich merken. Also antworte ich mit einem leichten Lächeln: »Doch Rhys, das sind wir, du hast nämlich Prinzipien und ich auch, vergiss das nicht. Übrigens, vielen Dank für die Statue, aber ich würde es vorziehen, wenn du nicht ohne mein Wissen meine Wohnung betrittst.«

5

Wir sitzen in einem großen Konferenzraum mit mehr als zwanzig Personen. Einige von ihnen habe ich gestern auf der Ausstellung kennengelernt. Sie starren mich an, ohne Ausnahme, scheinen wohl alle die gleiche Vermutung zu hegen. Ich weiß nicht, woher ich den Mut nehme, aber ich schaue ihnen offen ins Gesicht und verstecke mich nicht. Um etwas Raum zwischen Rhys und mich zu bringen, setze ich mich an das andere Ende des Tisches, zu Trish, die ich unter all den Gesichtern entdecke.

»Jazman, meine Liebe.« Sie umarmt mich wie eine alte Bekannte und küsst mich auf beide Wangen. Keine leichten gehauchten Küsse, sondern dicke Schmatzer. »Oh, Ihr Gesicht ist ja ganz gerötet.«

»Ja, es gab deswegen heute Morgen bereits einige Irritationen.«

Sie tätschelt meine Hand, erwähnt den Zwischenfall von gestern aber mit keinem Wort. Ich kann nicht anders, als sie in mein Herz zu schließen.

Es wird der Jahresbericht besprochen, der Vorstand entlastet, neue Förderprojekte werden vorgestellt und genehmigt. Rhys ist sehr professionell und nur gelegentlich schaut er in meine Richtung. Ich konzentriere mich so gut es geht und ignoriere ihn, was ihn offensichtlich irritiert.

»Wenn nun alle Tagesordnungspunkte geklärt sind, werde ich die Sitzung hiermit schließen.«

»Nein, ich habe noch eine Frage.« Ich höre meine Stimme, kann nicht glauben, dass ich das wirklich gesagt habe.

»Miss Darling?« Seine Stimme ist schneidend.

»Warum fördern Sie nur Projekte für erwachsene Künstler? Was ist mit den Kindern? Mit denen, die es nicht so leicht im Leben haben. Zum Beispiel begabte Kinder aus sozial schwächeren Umfeldern.«

Allgemeines Gemurmel entsteht, aber niemand antwortet mir wirklich.

»Miss Darling, es geht hier nicht darum, die Welt zu retten.« Rhys' Stimme tropft vor Ironie und mir bricht der Schweiß aus, aber gleichzeitig erwacht in mir auch mein Kämpfergeist, mein feiner Sinn für Ungerechtigkeiten.

Ich weise auf das Schaubild, das ein Beamer an die Wand wirft. »Es ist wirklich lobenswert, wie viele Projekte die Cunningham Stiftung auf den Weg bringt und unterstützt, nur fördern diese Projekte diejenigen, die die Möglichkeit einer Ausbildung bereits haben. Wie aber sieht es mit benachteiligten Kindern und Jugendlichen aus? Die Mittel für Kinderheime etwa werden immer weiter gekürzt. Ist Ihnen noch nie die Idee gekommen, wenigstens eines mit ins Programm aufzunehmen?«

Ich schaue in die Runde und stoße auf skeptische Blicke. Rhys hat sich zurückgelehnt, seine Fingerspitzen aneinandergelegt und scheint meinen Vorschlag zu überdenken, doch seine Haltung ist alles andere als positiv.

Das Schweigen breitet sich wie dichter Nebel über den Raum aus und mein Selbstbewusstsein beginnt darin zu versickern. Ich bin inzwischen aufgestanden und blicke fragend in die Runde. Rhys übergehe ich dabei wissentlich. Ich sollte mich wohl lieber setzen und den Mund halten. Doch jetzt kann ich auch nicht mehr zurück. Was bin ich für eine Idiotin!

»Also, ich finde diesen Vorschlag bemerkenswert. Warum ist eigentlich bisher niemand von uns auf diese Idee gekommen?« Trishs Stimme durchschneidet die wabernde Stille wie ein Sonnenstrahl.

Einer der Schlipsträger räuspert sich. Er heißt Rob Carter, so steht es auf seinem Namensschild, und er ist aus der Buchhaltung. »Die Gelder für das kommende Geschäftsjahr sind bereits verplant. Vielleicht können wir es im nächsten Jahr mit auf die Tagesordnung setzen.«

»Wir haben Juli, wieso kann es nicht mehr berücksichtigt werden?« Ich verstehe seinen Einwand nicht und das macht mich wütend.

»Der Stiftung liegt ein abweichendes Wirtschaftsjahr zugrunde, also von Juli bis Juni des nächsten Jahres«, klärt Rhys mich auf.

Verdammt, ich beiße mir auf die Lippe, das muss ich in der Zusammenfassung überlesen haben. »Vielleicht wäre eine Aufstockung des Fonds möglich?«, frage ich kleinlaut.

Wieder Stille.

Nach einem kurzen Moment des Überlegens räuspert sich Rhys und sagt: »Wir werden einen Sonderfond einrichten, für den ich zusätzliche Mittel zur Verfügung stelle. Miss Darling wird sich um ein geeignetes Projekt hier in New York kümmern.« Rhys' Stimme erfüllt den Raum und lässt keine Frage zu.

Rob macht sich ein paar Notizen. »Mr Cunningham, wie hoch wird dieser Sonderfond sein?«

Rhys sieht mich an, doch er scheint durch mich hindurchzublicken. »Fünfhunderttausend Dollar.«

~

Ein eigenartiges Gefühl ist es, in dem Haus zu wohnen, in dem man arbeitet. Es ist fast halb sieben, als wir den Konferenzraum verlassen. Alle Mitarbeiter haben bereits Feierabend, die Räume sind leer.

»Jazman, bitte warten Sie.« Trish läuft mit kurzen Schritten hinter mir her. »Sie müssen mich unbedingt besuchen, oder wir telefonieren miteinander. Bitte rufen Sie mich morgen an, wenn Sie Zeit haben.« Sie drückt mir ihre Visitenkarte in die Hand, zwinkert mir zu und ist kurz darauf im Aufzug verschwunden.

Ich stehe allein im Flur und beschließe, ebenfalls Feierabend zu machen. Rhys' Bürotür ist geschlossen und ich hole schnell meine Handtasche. Es ist wohl das Beste, heute alles so zu belassen, wie es ist, also fahre ich mit dem Privataufzug nach oben.

Nach dem Duschen ziehe ich eine bequeme kurze Jogginghose und ein weißes Tanktop an. Ich gehe hinüber zu Matt und klopfe an seine Wohnungstür.

»Es ist offen!«, höre ich ihn rufen. Vorsichtig trete ich ein und sehe ihn in der Küche stehen. Seine Wohnung ist eine Kopie meiner, nur spiegelverkehrt.

»Hi, haben Sie Lust mit mir zu kochen?«, fragt er und seine Augen strahlen so sehr, dass ich nicht ablehnen kann.

»Sollen wir uns nicht duzen?«, frage ich und Matt nickt eifrig.

»Gerne, wie war dein Tag?« Er drückt mir eine Selleriestange und ein Messer in die Hand, damit ich sie in Stücke schneide. Ich verdrehe nur die Augen.

»So schlimm?«

Mir brennen tausend Fragen auf der Seele, doch ich weiß nicht, ob ich Matt so einfach ausfragen kann, ich möchte unser gutes Verhältnis nicht belasten.

»Hat dir die Statue gefallen, die ich dir heute Morgen auf Anweisung von Rhys auf den Tisch gestellt habe?«

Ich halte in meiner Tätigkeit inne. Verdammt, Matt war das?

»Ja, vielen Dank, ich finde sie außergewöhnlich. Aber Rhys hätte sich nicht für mich davon trennen müssen.«

Matt hält überrascht inne. »Rhys? Ihr duzt euch?«

»Ich werde ganz sicher nicht jemanden siezen, der seine Zunge in meinen Hals gesteckt hat.«

Matt blickt mich überrascht an. »Muss ich jetzt beleidigt sein? Du hast mir das *Du* angeboten, ohne dass ich dich geküsst habe. Was soll mir das jetzt sagen?«, fragt er, zieht mich an sich und drückt mir einen freundschaftlichen Kuss auf die Wange. Wir lachen laut über seinen Scherz.

Mit einem Knall fliegt die Verbindungstür zu Rhys' Arbeitszimmer auf und er steht im Türrahmen.

»Hier bist du, ich suche nach dir, wir haben noch etwas zu besprechen.« Eine peinliche Stille entsteht. Bevor er auf dem Absatz kehrt macht, schenkt er Matt noch einen finsteren Blick. Oh je, ich glaube, er hat unser Gespräch belauscht. Ich bekomme langsam eine Vorstellung davon, was es heißt, Rhys Cunningham Tag und Nacht zur Verfügung zu stehen.

~

Rhys trägt immer noch seinen Anzug, aber er hat die Jacke ausgezogen und seine Krawatte abgelegt. Er bittet mich, auf der Couch in seinem Wohnzimmer Platz zu nehmen. Ich fühle mich überhaupt nicht passend gekleidet und mache mir in Gedanken eine Notiz, mich demnächst erst umzuziehen, wenn ich zu Bett gehe.

Mit langen Schritten läuft er vor dem Fenster auf und ab, bis er plötzlich stehen bleibt. »Möchtest du etwas trinken? Ich habe allerdings nur Fruchtsäfte da.« Seine Stimme hat einen sanften Ton angenommen.

Ich nicke. »Ja, ein Saft wäre toll.« Mein Hals fühlt sich ausgedörrt an und ich habe das Gefühl, dass dieses Gespräch kein Einfaches werden wird.

Kurze Zeit später kommt er aus der Küche, mit zwei Gläsern Orangensaft, eines davon reicht er mir und lässt sich neben mir auf der Couch nieder.

»Du hast dich heute bei der Sitzung gut geschlagen«, beginnt er das Gespräch und ich weiß nicht so recht, was ich darauf antworten soll.

»Danke, aber immerhin hat es dich fünfhunderttausend Dollar gekostet. Ich kann mir kaum vorstellen, dass dich das freut.«

Er hebt desinteressiert die Schultern. »Das ist weniger als ein Tagesumsatz.«

»Umsatz, das sagt nichts über den Gewinn aus.«

Überrascht schaut Rhys auf.

»Ich habe einen Wirtschaftsabschluss, schon vergessen?« Rhys scheint verblüfft, dass ich mit diesem Thema vertraut bin.

»Dann sollte ich dich womöglich zu Rob in die Buchhaltung versetzen.« Er grinst und das lässt ihn sehr jugendlich wirken. Er sollte öfter lächeln, geht es mir wieder durch den Kopf. Gleichzeitig frage ich mich, was passiert ist, dass er meistens so kalt und introvertiert rüberkommt.

»Bitte entschuldige, dass ich dich beschuldigt habe, meine Wohnung ohne mein Wissen betreten zu haben.« Ich schaue ihn kurz an und nehme schnell einen Schluck aus dem Glas, damit ich nicht weiterreden muss.

Er beugt sich zu mir herüber. »Du sollst wissen, dass ich niemals dein Appartement ohne Einladung betreten werde, du bist dort vollkommen sicher.«

Ich starre auf seine feuchten Lippen, die mir ganz nah sind. Sie sind wunderschön geschwungen und ich würde ihrem Schwung gerne mit dem Finger nachfahren. Ich setze mich auf eines meiner Beine, damit ich ihn besser ansehen kann.

»Ich möchte dir diese Statue schenken.«

Erschrocken schüttele ich den Kopf. »Nein, das kann ich nicht annehmen. Sie ist bestimmt zu wertvoll.«

»Nicht wertvoller, als du es bist.«

Mit sackt das Herz in die Hose. Einmal ist er so unausstehlich und dann sagt er solche Sachen, die mein Herz schmelzen lassen.

»Rhys, du solltest so etwas nicht sagen. Damit weckst du Sehnsüchte in mir, die uns beiden gefährlich werden könnten.«

Er streckt seine Hand aus und fährt mit den Fingern über mein Haar. »Jaz, du weißt, dass es zwischen uns passieren wird, wenn nicht heute, dann morgen.« Er spricht ganz leise und ruhig, und ich wünsche mir etwas von seiner Gelassenheit, doch seine Berührung bringt mich vollkommen aus dem Gleichgewicht.

Wem mache ich eigentlich etwas vor, wenn ich mich gegen das Gefühl in mir wehre? Die Vorstellung, ihn zappeln zu lassen, damit er merkt, dass ich ihm gewachsen bin, ist sicher verlockend, aber nicht so verlockend wie die Aussicht darauf, in seinen Armen zu explodieren. Wenn nicht heute, dann morgen.

»Ja«, hauche ich, »du hast sicherlich recht.«

»Darf ich dich küssen?«

Mich würde interessieren, wie er reagiert, wenn ich *Nein* sage, doch das will ich gar nicht, also nicke ich nur.

Dann zieht er mich an sich und unsere Lippen verschmelzen. Ich lege meine Hände um seine Schultern und ziehe ihn zu mir herab. Ich will mehr, viel mehr von diesem atemberaubenden Mann, der nicht nur gut aussieht und wunderbar duftet, sondern der auch genau zu wissen scheint, welche Knöpfe er bei mir drücken muss, damit ich mich ohne zu fragen in seine Arme werfe.

Dicht schmiege ich mich an ihn, möchte jede Faser seines Körpers an meinem spüren.

»Du hast nicht die geringste Vorstellung von dem, was ich mit dir anstellen möchte«, flüstert er und meine Synapsen fahren Karussell. Sein Gewicht drängt gegen mich, ich muss mich ergeben und rutsche rückwärts auf die Couch in eine liegende Position. Ohne mich auch nur eine Sekunde loszulassen, folgt Rhys mir.

»Was möchtest du denn tun?«, flüstere ich atemlos.

»Das hier zum Beispiel«, antwortet er und beißt mir spielerisch in meine Halsbeuge. »Oder das hier.« Er hebt mein knappes Tanktop und fährt mit seiner Zunge über meinen weißen BH. Sofort erheben sich meine Brustwarzen und gieren nach mehr. Ich kann als Antwort nur stöhnen und wünsche mir, dass er mir die delikaten Spitzen vom Körper reißt. Ja, das sind genau die Dinge, von denen ich mir wünsche, dass er sie mit mir tut.

Das Läuten an der Tür nehme ich nur verschwommen wahr. Erst als sich Rhys' Kopf hebt und er lauscht, weiß ich, dass etwas nicht stimmt. Dann ertönt das Signal ein weiteres Mal, ungeduldig.

Ich setze mich auf und versuche mein Haar in Ordnung zu bringen, als Rhys sich erhebt, um die Tür zu öffnen. Ich höre, wie er mit Matt spricht. Oh Gott, das ist sicher Alex. Wenn er mich hier in Rhys' Wohnung erwischt, gibt es nur Theater!

Rhys fährt sich mit der Hand durch sein Haar und schaut verlegen zu mir herüber. »Es ist Melissa, sie will mich sprechen.«

6

Pure Eifersucht nagt an mir, ich muss es mir selbst eingestehen. Wenn ich mir vorstelle, dass Rhys im Augenblick das gleiche mit Melissa macht, was er eben mit mir angestellt hat, wird mir übel. Ich habe seinem Gesicht angesehen, dass es ihm lieber wäre, wenn sie mich nicht in seiner Wohnung vorfinden würde, und verschwand daraufhin kommentarlos in mein Appartement.

Ich überlege, ob ich vielleicht doch zu Matt hinübergehen soll, um mit ihm zu essen, aber das sähe so aus, als würde ich ihn als Lückenbüßer missbrauchen.

Kaum habe ich den Gedanken zu Ende gedacht, klopft es an der Wohnungstür.

Matt!

»Ich bin fertig mit dem Kochen, hast du Lust mit mir zu essen?«

Er sieht mich so erwartungsvoll an, dass ich nicht *Nein* sagen kann.

~

Ein undefinierbares Geräusch weckt mich mitten in der Nacht. Ich bin verwundert, dass ich überhaupt eingeschlafen bin, denn gerechnet hatte ich damit nicht wirklich. Viel zu aufgeregt war ich über die Gewissheit, die mich plagte, dass Melissa bei Rhys war, obwohl es mich gar nichts angeht. Irgendwann wurde ich doch vom Schlaf übermannt. Jetzt sitze ich hellwach und kerzengerade in meinem Bett. Ist jemand in meiner Wohnung? Ich horche in die Stille. Nichts. Schnell ziehe ich meinen dünnen Morgenmantel über und schaue im Wohnzimmer und der angrenzenden Küche nach. Nichts. Ich öffne die Tür zum Fitnessraum und da höre ich es. Ein leises Klopfen, so, als würde jemand einen Nagel in die Wand schlagen. Vielleicht hängt Matt ein Bild auf. Ich schaue auf die Wanduhr im Wohnzimmer. Halb drei Uhr nachts. Na toll, nicht gerade die beste Zeit, um Nägel in die Wand zu schlagen, selbst wenn man in einem Bürogebäude wohnt. Ich binde meinen Morgenmantel fest zu und folge dem Geräusch. Er kommt aus Rhys' Wohnung. Ich kann sie ja wohl kaum einfach so betreten, wo es mir doch auch nicht behagt, wenn er meine ohne Erlaubnis betritt.

Aber meine Neugier siegt. Ich stecke vorsichtig den Kopf durch den Türrahmen, aber es ist niemand zu sehen, nur das Licht ist wie immer gedimmt, leise Musik von Nina Simone ist zu hören. Je weiter ich vordringe, desto lauter werden die Klopfgeräusche. Vielleicht steckt jemand in Schwierigkeiten. Ich hoffe nur, dass es nicht Melissa Alesandro ist, eingeklemmt unter Rhys Cunningham. Schnell verscheuche ich diesen Gedanken, selbst wenn es so wäre, könnte jemand Hilfe gebrauchen. Die Geräusche kommen definitiv aus dem oberen Stockwerk. Na toll, dort bin ich noch nie gewesen. Was, wenn ich die beiden beim Sex störe? Etwas Peinlicheres könnte wohl kaum passieren.

Ich fasse mir ein Herz und steige die graue Steintreppe hinauf. Oben gelange ich in einen runden Flur, von dem mehrere Zimmer abgehen. Eine Tür steht weit offen, ich steuere direkt darauf zu. Das Licht brennt hell und ich erkenne, dass es das Schlafzimmer ist. Es ist groß und es ist leer. Das Bett nimmt einen beachtlichen Teil des Raumes ein, wenn man bedenkt, dass das Zimmer ansonsten vollkommen leer ist. Der Boden ist mit einem weißen Teppich ausgelegt, der so dick ist, dass meine Füße darin versinken würden. Das Bett und die Bettwäsche sind in einem gedeckten Blau gehalten, wen wundert's. Mich interessiert brennend, woher Rhys' Affinität zu der Farbe Blau herrührt. Die Tür zum angrenzenden Bad steht offen, aber dort brennt kein Licht. Es gibt im Flur noch weitere drei Türen, von denen eine angelehnt ist. Aus dem Raum dahinter kommen die klopfenden Geräusche. Ich weiß nicht, was sich hinter dieser Tür verbirgt, doch meine Neugier kann ich kaum noch im Zaum halten. Mit den Fingerspitzen schiebe ich geräuschlos die Tür ein Stück auf und traue meinen Augen kaum.

~

Rhys erwartet Melissa direkt an der Tür. Als sie aus dem Aufzug steigt, drängt sich eine heftige Erinnerung in seinen Kopf – Melissa erhitzt unter ihm. Das Einzige, was er spürt, ist Verlangen. Aber nicht nach ihr, sondern nach Jazman Darling!

»Rhys«, Melissas Stimme klingt aufgesetzt, »wie schön, dass ich dich antreffe.« Sie will ihn küssen, und als er sich wegdreht, schlüpft sie an ihm vorbei in die Wohnung.

Neugierig blickt sie sich um.

»Wie ich sehe, bist du allein.«

»Wen hast du hier erwartet?«

»Sie.«

»Sie?«

»Ja, diese Frau, mit der du gestern auf der Ausstellung warst. Mit der du die halbe Nacht getanzt hast, obwohl du sonst nie tanzt. Die du in aller Öffentlichkeit geküsst hast.« Verachtung schwingt in ihren Worten mit.

»Aus dir spricht Neid und das steht dir nicht zu Gesicht.« Als sie nicht antwortet, folgt Rhys ihr ins Wohnzimmer. »Weißt du, Melissa, ich habe dir von Anfang an die Spielregeln erklärt und du warst damit einverstanden. Ich weiß nicht, warum du dich jetzt so aufführst. Du wusstest, dass es ein Spiel auf Zeit ist, keine Liebe, keine Gefühle, nur guter Sex.«

»Ist sie auch auf deine sogenannten *Spielregeln* eingegangen? Denn in Wirklichkeit versteckst du doch etwas ganz anderes hinter deinen Regeln. Es ist deine Angst, dich zu binden. Du bist nicht Manns genug, dein Herz einem Risiko auszusetzen. Deine Regeln sind nicht mehr als ein Schutzschild. Weißt du, Rhys, was ich mich die ganze Zeit frage? Stand diese Frau schon in den Startlöchern und hat nur darauf gewartet, dass du mich abschießt? Oder hast du sie schon die ganze Zeit neben mir gefickt? Wann, Rhys? Davor oder nachdem du bei mir warst?«

Er blickt sie wütend an, seine Stimme ist eiskalt, als er sagt: »Melissa, du gehst jetzt besser.«

»Ich wollte nur meine Sachen holen.«

Er öffnet die Wohnungstür. »Es gibt hier nichts, das dir je gehört hätte.«

~

Der Raum ist kleiner als ich erwartet habe. Das Licht scheint nur auf einen Punkt, dafür hell, wie Tageslicht. Ich sehe ein rundes Podest, davor einen Drehhocker mit drei Beinen. Auf dem Sockel steht ein Stein und auf dem Drehstuhl sitzt Rhys, der ihn mit Hammer und Meißel bearbeitet. Er ist so in seine Arbeit vertieft, dass er mich nicht wahrnimmt. So glaube ich. In diesem Moment wird mir klar, dass die Skulpturen im Wohnzimmer von ihm sind. Mit eigenen Händen hat er sie erschaffen. Er steht mehr, als er sitzt und ich bewundere seine

Armmuskulatur, die sich unter den zarten Schlägen bewegt. Das kurzärmlige Hemd, das er trägt, ist zu meiner Verwunderung grün. Seine Füße sind nackt.

»Habe ich dich geweckt?« Seine Stimme lässt mich zusammenfahren. Er spricht zu mir, ohne seine Arbeit zu unterbrechen, ohne mich anzusehen. Ich trete weiter in den Raum hinein und sehe mich um. Auf einem Wandboard stehen einige unfertige Exponate, auf dem Sideboard darunter liegen grobe Steinblöcke in unterschiedlichen Größen, alle aus blauem Marmor.

»Warum hast du mir nicht gesagt, dass du der Künstler bist?«

»Hätte das einen Unterschied gemacht?« Rhys legt sein Werkzeug zur Seite und wischt sich den Staub von den Händen. Ich trete zu ihm und wir haben nun fast dieselbe Größe, da er immer noch an dem Drehstuhl lehnt. Ich starre auf seine nackte Brust. Schwarze kleine Locken kräuseln sich auf ihr und ich unterdrücke mein Verlangen, ihn zu berühren. Dafür ertaste ich den Stoff seines Hemdes. »Grün«, ich kann mir ein Grinsen nicht verkneifen, »steht dir.«

Er blickt mich an. »Wie deine Augen.«

»Wie lange brauchst du für eine Skulptur?« Ich versuche das Gespräch neutral zu halten, da ich nicht weiß, ob Melissa sich noch in der Wohnung aufhält.

»Kommt ganz darauf an. Manche Ideen entstehen in meinem Kopf, andere haben eine Vorlage.«

»Hat Melissa jemals Modell gesessen?« Mir rutscht die Frage einfach so über die Lippen. Wenn ich könnte, würde ich sie zurückziehen, denn ich will die Antwort gar nicht wissen, und wenn ich mir die üppigen Figuren so ansehe, denke ich eher nicht, dass eine davon Melissa darstellen könnte. Mit meinen Fingern fahre ich die halb fertige Statue entlang. Der Körper einer Frau, die ihre Arme um sich geschlungen hat, es fehlt nur noch das Gesicht.

»Möchtest du es versuchen?«, fragt Rhys und erhebt sich von dem Hocker. »Komm, setz dich, ich zeige es dir.«

Unsicher schaue ich zur Tür, als erwarte ich dort jeden Moment, Melissa zu erblicken. Ich setze mich, kann jedoch nicht auf die Frage verzichten: »Ist Melissa schon gegangen?«

Rhys steht hinter mir und ich kann sein Gesicht nicht sehen, als er antwortet: »Melissa ist nach wenigen Minuten wieder verschwunden und wird auch nicht mehr wiederkommen.«

Er legt die Arme von hinten um mich und greift nach dem Werkzeug. Ich spüre seine warme Brust an meinem Rücken, als er mir Hammer und Meißel in die Hände legt und dann seine Hände darüber. Gemeinsam führen wir zwei präzise Schläge aus und kleine Einkerbungen entstehen in dem Stein. Seine Finger sind warm, ich schließe für eine Sekunde die

Augen. Das Material ist nicht so hart, wie ich dachte und man muss nicht viel Kraft aufwenden. Es ist eher eine Kunst, sie richtig zu dosieren. Beim dritten Schlag rutsche ich mit dem Meißel ab und Rhys' Knöchel schaben an dem rauen Stein entlang.

»Verflucht, oh Gott, habe ich dir wehgetan?« Ich lasse sofort das Werkzeug fallen und sehe mir seine Hand an.

»Nein, es ist nichts passiert. Alles okay. Es blutet nicht einmal.« Seine Stimme ist rau und ganz nah an meinem Ohr. Ich puste den Staub von seiner Hand, bis auf eine kleine Abschürfung ist nichts zu sehen. Zärtlich drücke ich meine Lippen auf die Stelle. Die Erleichterung, dass meine Fantasie von Rhys und Melissa sich als Hirngespinst herausgestellt haben, flutet plötzlich mein Herz.

»Es ist wirklich in Ordnung, Jaz.« Er dreht mich auf dem Hocker zu sich herum und ich muss die Beine etwas spreizen, damit Rhys sich dazwischen stellen kann. Dabei öffnet sich mein dünner Morgenmantel, meine gebräunten Beine und mein Slip kommen zum Vorschein.

Sein Blick wandert dorthin und Rhys seufzt: »Was machen Sie nur mit mir, Miss Darling?« Er berührt meine Oberschenkel und fährt leicht mit den Fingern an ihnen entlang.

»Ich weiß, dass ich nicht deinem Typ Frau entspreche.«

Überrascht hält er in seiner Bewegung inne.

»Und wie sieht mein Typ Frau aus?«

»Langbeinig und blond bis rothaarig.«

»Und woher haben Sie Ihr detailliertes Wissen, Miss Darling?«

»Mrs Whitehead war so freundlich, mich darüber in Kenntnis zu setzen, dass kurzbeinig und schwarzhaarig nicht in Ihr übliches Beuteschema passen.«

»Susan hatte schon immer eine besondere Art, meine Wünsche zu interpretieren, doch ich glaube, dieses Mal hat sie sich geirrt.«

Seine Lippen bewegen sich ganz nah an meinen und die Luft scheint wie bei großer Hitze zu flimmern. Unsichtbare Funken sprühen, als er seine Arme endlich um mich legt und mich an sich zieht. »Ich würde sagen, mein Typ Frau sitzt hier vor mir.«

Er küsst mich, wie mich noch nie jemand zuvor geküsst hat. Dieser Kuss macht alle anderen zunichte. Rhys nimmt mein Gesicht in die Hände, er ist unglaublich zärtlich, aber seine Lippen versprechen mehr, ohne allzu fordernd zu sein. Seine Daumen streicheln meine Wange und reizen meine Gesichtsnerven bis zum Äußersten. Er schmeckt nach Multivitaminsaft, süß und fruchtig, ich muss grinsen. Sein Lächeln spüre ich an meinen Lippen, als seine Hände von meinem Gesicht auf meine Schultern hinunter-wandern und meinen Morgenmantel abstreifen. Der seidige Stoff meines Pyjamaoberteils lässt ihn aufblicken.

»Du trägst einen Männerpyjama?«

Ich nicke. »Ja, sie sind so bequem«, bringe ich atemlos hervor.

Seine Augen sind vor Verlangen dunkelblau, doch ich spüre sein Zögern.

»Was ist?«

Er lässt mich los. »Ich will ehrlich zu dir sein. Im Augenblick gibt es nichts, was ich mehr begehre, als dich. Aber ich habe Prinzipien.«

»Was du nicht sagst.« Nur mit Mühe kann ich ein Lächeln zurückhalten. Er klingt beinahe ein wenig verzweifelt, wie er versucht, sich in emotionale Sicherheit zu bringen. Soll ich ihm sagen, dass ich dabei bin, meine endgültig über Bord zu werfen? Ob es ihm dann leichter fällt, sich zu entspannen und einfach nur dem Genuss hinzugeben? Bin ich vielleicht doch ein Männer verschlingendes Biest?

Rhys rückt etwas von mir ab.

»Ich werde keine Beziehung mit dir eingehen, ich werde dir nicht sagen, dass ich dich liebe, niemals. Ich werde morgens nicht neben dir aufwachen, wir werden unser Verhältnis geheim halten, ich werde dich ficken wo, wann und wie ich es will.«

Die Luft in meinen Lungen entweicht, als hätte sich jemand auf meinen Oberkörper gesetzt. Was er da vorschlägt ist unfassbar und inakzeptabel, es würde mich zu einem Flittchen degradieren. Unter keinen

Umständen will ich mich darauf einlassen. Ich kämpfe um meine Beherrschung, will mir keine Blöße geben. »Was hätte ich von dieser ... Vereinbarung zwischen uns?« Meine Stimme klingt heiser.

»Ich werde dir treu sein, ich werde dich nicht belügen, dir ein Leben in Luxus bieten und du wirst in den Genuss von wunderbarem Sex kommen.«

Aber mir wird nie dein Herz gehören, richtig?, geht es mir durch den Kopf. »Warum?«, fragte ich und schaue in seine unergründlichen Augen.

»Warum was?«

»Warum lässt du niemanden an dich heran?«

»Man muss niemanden an sich heranlassen, um guten Sex zu haben, und über mehr reden wir hier nicht.«

»Du willst also, dass ich mich unter Wert an dich verkaufe?«

Er berührt wieder mein Gesicht. »Kommt es dir so vor, als würdest du dich verkaufen, Jazman?«

Ich muss in Ruhe über diese Frage nachdenken, doch Rhys Nähe macht das unmöglich. In seiner Gegenwart kann ich nicht klar denken. Ich schaue ihn an und versuche in seinem Gesicht zu lesen.

»Du wirst die Antwort auf deine Frage nicht bei mir finden. Ich bin nun mal das, was ich bin. Ein Mann, der seine Freiheit liebt, der aber völlig verrückt nach dir ist.«

»Aber nicht verrückt genug, um seine sogenannten Prinzipien über Bord zu werfen.« Fünf Farben Blau in seinen Augen, fünf feste Regeln als Panzer um seine Seele.

Ich streiche über seine nackte Brust, denn es wird wohl die letzte Gelegenheit sein, dass ich ihn dort berühren kann. Er hält die Luft an und ich ziehe meine Hand zurück.

»Ich weiß, dass du mich auch willst. Ich spüre es durch jede Berührung deiner Hände, ich rieche es an dem Duft deiner Haut. Streichele mich!«

Natürlich will ich ihn, mit Haut und Haaren. Was soll ich nur tun? Beinahe gegen meinen Willen befolge ich seinen Befehl. Meine Fingerkuppen fahren abermals über seine harten Bauchmuskeln, sein Sixpack zeichnet sich deutlich ab. Er hat einen absoluten Luxuskörper. Ich habe keine Vorstellung davon, wie viele Stunden er daran trainiert hat.

Rhys schließt die Augen. »Oh, Darling, du hast keine Ahnung, wie oft ich mir in den letzten Tagen vorgestellt habe, dass du mich so berührst.« Er lehnt seinen Kopf an meine Schulter, schlingt seine Arme um mich und meine Finger fahren weiter über seine Haut.

»Hast du während der Sitzung daran gedacht?«, flüstere ich. Die Vorstellung, wie sehr ich ihn errege, lässt plötzlich heißes Verlangen zwischen meine Beine strömen. Unbewusst spreize ich sie ein wenig mehr.

»Jede Sekunde.« Seine Stimme ist tief vor Verlangen und ich spüre seine Erregung schwer gegen meinen Slip. Ich möchte Rhys ausziehen, ihn überall berühren, seine pochende Männlichkeit in meiner Hand halten, doch ich weiß, wenn ich es tue, gibt es kein Zurück mehr. Dennoch streichele ich über die straffe Wölbung seiner Jeans.

»Hast du auch daran gedacht?«, hauche ich und spüre, wie seine Erektion noch einmal wächst, während er leise aufstöhnt. Doch anstatt weiterzumachen, flute ich sein Gesicht stattdessen mit Hunderten von Küssen.

Er fährt mit seinen Händen meine Schenkel herauf und an den Innenseiten wieder hinunter. Ich bin kaum noch in der Lage, klar zu denken. Mein Körper will nur noch fühlen, will in seiner Lust ertrinken.

»Ich konnte die ganze Zeit an nichts anderes denken, als in dir zu kommen. Es hat mich fast umgebracht. Ich will dich, Jaz, wie noch nie jemanden in meinem Leben. Aber ich werde nicht auf meine Prinzipien verzichten. Für niemanden, nicht einmal für dich.«

Er küsst mich auf den Mund und ich schließe die Augen. Dieser Mann ist so viel mehr, als ich ertragen kann. Doch dann taucht mit einem Mal Alex' Stimme in meinem Kopf auf. *Er ist gefährlich!*

Ich beende meine Küsse, lege meine Hände auf seine Brust und schiebe ihn sanft von mir. »Es tut mir leid,

Rhys. Aber ein Arrangement dieser Art kommt für mich nicht infrage. Du meinst, deine Prinzipien würden dich schützen? Meinetwegen, glaube was du willst. Ich habe auch welche und wäre vielleicht in der Lage, sie aufzugeben, weil sie nichts sind im Vergleich zu der Lust, die ich auf dich habe. Aber dann müsstest du auch bereit sein, deine aufzugeben. Es gibt Prinzipien, die man aufstellt, um sie einzuhalten und es gibt welche, die man errichtet, damit man sie bricht. Deine würden für mich zu der letzteren Sorte gehören. Denk darüber nach.«

7

Das Telefon läutet gerade zum zweiten Mal, als sich jemand meldet. »Bei McKenzie.«

»Hier spricht Jazman Darling. Ich hätte gerne Mrs Trish McKenzie gesprochen.«

»Einen Augenblick bitte, ich verbinde Sie.«

Ich trommele nervös mit meinen Fingerspitzen auf meinen Schreibtisch. Eine Sekunde später habe ich Trish in der Leitung.

»Jazman, meine Liebe, wie schön von Ihnen zu hören.«

»Trish, ich habe Ihnen doch versprochen, dass ich mich melden werde.«

Sie seufzt leicht, so, als hätte sie sich in einen Sessel fallen lassen. »Wie geht es Ihnen?«

»Danke, ich habe mich gut eingelebt.«

»Und wie geht es Rhys?«

Er schmollt, aber das kann ich Trish wohl kaum erzählen, es würde nur unwillkürlich neue Fragen nach dem *Warum* aufwerfen, daher sage ich: »Ich glaube ganz gut. Wir haben uns in den letzten zwei Tagen kaum gesehen.« *Weil er mir aus dem Weg geht,* füge ich in Gedanken hinzu.

Seit zwei Tagen bekomme ich ihn nicht zu Gesicht. Ich bin froh, dass heute Freitag ist, und sehe einem faden Wochenende entgegen.

»Was macht Ihr Projekt? Sie haben mich bei der Sitzung wirklich überrascht und ich frage mich, ob Sie schon Zeit hatten, sich über geeignete Förderprojekte zu informieren?«

»Ich will mir am Montag einige Kinderheime in der Stadt ansehen.«

»Oh, Jazman, ich möchte Ihnen das Kinderheim St. Francis empfehlen. Wenn es Ihnen nichts ausmacht, würde ich Sie gerne dorthin begleiten.«

Ich suche in der Liste, die Abigail für mich zusammengestellt hat, nach Angaben zu diesem Heim, finde aber keine. »Der Name sagt mir jetzt im Moment nichts, aber wir können es uns gerne gemeinsam ansehen.«

»Das ist schön. Ich habe bereits einen Termin vereinbart. Können Sie am Montag um vierzehn Uhr?«

»Montag um vierzehn Uhr wäre perfekt«, sage ich und trage den Termin in meinen Kalender ein.

»Sehr schön, meine Liebe, ich werde Sie abholen.«

Wir verabschieden uns. Ich schnappe mir die Liste und gehe zu Abigail an den Empfang. »Abigail, Sie haben doch für mich die Aufstellung der Kinderheime in New York zusammengestellt. Warum ist St. Francis dort nicht aufgeführt? Haben Sie es übersehen?«

Abigails Gesicht läuft rot an. »Nein, natürlich nicht. Ich erledige meine Aufgaben immer sorgfältig. Ich wurde gebeten, diese Adresse von der Liste zu streichen.«

Ich bin überrascht. »Wer hat Sie darum gebeten?«

Ihr Blick wandert ängstlich zu Rhys' Bürotür.

»Gibt es hier ein Problem?« Rhys steht plötzlich im Türrahmen, und an der Art wie Abigail ihn anblickt, ist mir klar, wer diese Anweisung gegeben hat.

»Kann ich dich sprechen?« Ich dränge ihn regelrecht zurück in sein Büro und schließe die Tür. Um etwas Abstand zwischen uns zu bringen, verschanzt sich Rhys hinter seinem riesigen Schreibtisch, als ob er Angst hätte, ich würde mich gleich auf ihn stürzen.

»Wieso überträgst du mir Aufgaben, und mischst dich dann ein, wenn ich sie erledigen will?« Ich bin wütend, ziemlich sogar, und ich glaube, man sieht es mir auch an.

»Ich weiß nicht, was du meinst, Jazman.«

»Ich glaube sehr wohl, dass du weißt, wovon ich spreche.« Ich stemme meine Hände auf seinen Schreibtisch und beuge mich vor. »Warum hast du das St. Francis von der Liste der möglichen Projekte streichen lassen?«

Ich sehe, dass er mir auf den Busen starrt und wie ihm förmlich der Speichel im Mund zusammenläuft.

Er schluckt und blickt mich herausfordernd an. »Es gibt geeignetere Heime.«

»Ich dachte, das dürfte ich entscheiden.«

»Nein, Jaz! Ich bin es, der hier die Entscheidungen trifft.« Jetzt ist auch Rhys wütend und springt auf.

»Ja, natürlich. Wie immer spielen wir nur nach deinen Regeln, wie konnte ich das auch nur für eine Sekunde vergessen. Dabei nehme ich meinen Job sehr ernst.«

»Es geht hier um Business, das ist kein Spiel. Wenn ich spielen will, tue ich das in meinem Schlafzimmer.« Langsam kommt er um den Schreibtisch herum.

»Aber doch nur, solange du jemanden findest, der bereit ist, deine Prinzipien einzuhalten. Eine beliebige Person, deren Körper du benutzen kannst, aber deren Seele dir ziemlich egal ist.«

»Treibe es ja nicht zu weit.«

»Oh, ich treibe es noch viel weiter«, zische ich. »Ich kann es nicht glauben, dass es noch niemanden gab, der dir die Stirn bot. Tanzt hier wirklich jeder nur nach deiner Pfeife?«

Eiskalt strahlen seine Augen mich an. »Wenn du es so nennen willst. Und wenn du auf mein Privatleben anspielst, ja, dort erst recht. Ich bin niemandem Rechenschaft schuldig und das wird auch so bleiben!« Er schreit die Worte förmlich und fährt sich mit den Händen über das Gesicht.

Mein Gott, da hat doch Mr Ich-lasse-alles-an-mir-abprallen für eine Sekunde sein wahres Gesicht gezeigt. Doch sofort hat er sich wieder im Griff.

Er packt meine Hand und zieht mich an sich. »Du hast nicht die geringste Ahnung, wovon du sprichst.«

»Ich denke schon«, flüstere ich leise, presse mich an ihn und schaue ihm tief in die Augen. Dieser Mann hat etwas an sich, das mich mit dem Feuer spielen lassen will und ich bin bereit, mich verbrennen zu lassen.

Er verschränkt seine Finger mit meinen und zieht mich aus dem Raum. »Abigail, sagen Sie alle meine Termine für den Rest des Tages ab.« Rhys zerrt mich an der Hand hinter sich her zu dem privaten Aufzug, der neben den großen Gebäudefahrstühlen liegt.

»Aber Sie haben gleich eine Besprechung mit Mrs Whitehead.«

»Ich sagte: ALLE TERMINE ABSAGEN! Und machen Sie Feierabend, ich brauche Sie heute nicht mehr.«

Im Fahrstuhl hält er meine Hand. Rhys atmet schwer, seine Brust hebt und senkt sich im schnellen Rhythmus, als würde er an Atemnot leiden.

»Weißt du, dass ich deinetwegen nicht mehr schlafen kann?« Er spricht leise, ohne mich anzusehen. Seine Stimme ist angespannt, so als müsse er sich zwingen, ruhig zu bleiben. »Dass ich seit zwei Tagen meine Arbeit vernachlässige, weil ich nur noch von heißem Sex mit dir träume, von bedingungsloser Hingabe?«

Wir steigen aus dem Aufzug und er zieht mich in seine Wohnung, wirft die Tür laut ins Schloss. »Das ist länger, als jede andere Frau mir widerstehen konnte.« Dann drückt er mich gegen die Tür und schaut auf mich herunter. »Okay, du hast gewonnen. Sag mir, was du willst. Sag mir, was ich tun muss, um dich zu bekommen.« Er atmet schwer, als wäre die Luft auf einmal sehr dünn, doch sein dunkler Raubtierblick liegt immer noch auf mir. Völlig triebgesteuert steht er bebend vor mir.

Gefährlich! Ich muss unbedingt mit Alex sprechen, warum er mich gewarnt hat.

»Jazman Darling, sag es mir. Was muss ich tun, um dich zu vögeln?«

Ich schließe die Augen. »Nichts! Du kannst nichts tun, denn was ich haben will, bist du nicht bereit in die Waagschale zu werfen.«

»Was ist, wenn ich nun doch dazu bereit wäre?«, fragt er milde und stützt einen Unterarm gegen die Tür. Er sieht teuflisch gut aus, sein männlicher Duft fährt mir bis in meine Lenden und sendet dort die richtigen Signale, um meinen Widerstand langsam zu infiltrieren.

»Darf ich dich wenigstens küssen, oder riskiere ich dann eine Anzeige wegen sexueller Belästigung?« Sein Lächeln liegt schräg auf seinen Lippen, die so verführerisch sind. Die Unterlippe ist voll ausgeprägt, zum Anknabbern. Die Oberlippe etwas schmaler, dafür wunderschön geschwungen. Ich liebe seinen Mund, das wird mir jetzt klar und ich fahre mit meinen Fingerspitzen seine Länge nach.

»Ist es nicht etwas spät für diese Art von Frage?«

»Du weißt, dass ich immer das bekomme, was ich haben will und ich kann es nur wiederholen, ich will dich, im Moment mehr, als alles andere auf der Welt.«

»Rhys, wie soll das funktionieren? Es fliegen doch jetzt schon die Fetzen zwischen uns. Außerdem hast du kein Verhältnis mit deinen Angestellten, vergiss das nicht.« Ich gebe halbherzig die Vernünftige, doch so langsam bricht mein Schutzschild in sich zusammen.

»Dann ändert sich das genau in diesem Moment. Wenn du willst, lassen wir das in deinen Arbeitsvertrag schreiben.«

»Was? Geliebte von Rhys Cunningham? Ich soll alles geben, aber nichts dafür bekommen?«

»Du bekommst dafür ein Gehalt.«

»Ich bin kein Callgirl, das sich für seine Dienste bezahlen lässt. Da musst du dir schon etwas Besseres einfallen lassen.«

Rhys streichelt mein Gesicht, spielt ganz den Verführer. »Darling, ein äußerst schönes Kosewort finde ich.«

»Es ist mein Name«, bringe ich mit kraftloser Stimme hervor.

»Es ist mehr als ein Name. Es klingt für mich nach Küssen, nach geschwollenen Lippen, schweißnasser Haut, Begehren und Sex. Er klingt für mich nach – Jaz.«

Mit einem Mal wird mir klar, was Alex gemeint hat. Ja, Rhys Cunningham ist gefährlich, er ist ein gefährlicher Verführer, er bekommt immer, was er will. Er kriegt mich dazu, ihm nachzugeben, obwohl ich weiß, dass das nicht gut für mich ist.

»Wenn ich dich demnächst mit Darling anspreche, werden alle glauben, ich nenne deinen Namen, aber in Wirklichkeit wirst du wissen, dass ich dich bis zur Besinnungslosigkeit vögeln, dich ausfüllen und in dir kommen will, dass ich das hier meine.«

Seine Hände gleiten meinen Körper entlang, bleiben an meinem Busen hängen. Sofort werden meine Brustwarzen steif. Seine Zunge flutet meinen Mund und duelliert sich gierig mit meiner. Er zerrt meine Bluse aus dem Rockbund, reißt sie auseinander, dass die Knöpfe nur so durch die Gegend fliegen. Es ist, als könne er nicht erwarten, meine nackte Haut zu spüren.

Ich stöhne auf und gebe nach, zerre die Jacke von seinen Schultern, löse seine Krawatte, alles ohne von seinem Mund abzulassen. Mit einer Handbewegung hat er meinen BH geöffnet und streift ihn ab, dann schließen sich seine Lippen um meine aufgerichteten Brustwarzen. Eine unbändige Lust durchströmt mich.

Rhys löst sich mit einem Knurren von mir, legt einen Arm unter meine Knie und hebt mich hoch, schleppt mich ohne große Anstrengung in die oberste Etage, in sein Schlafzimmer.

Ich liege auf seinem Bett und schaue ihm dabei zu, wie er sich langsam auszieht. Er knöpft in aller Seelenruhe sein Hemd auf und zieht es aus. Dabei schaut er auf mich herab. Sein Blick ist düster und seine Augen sind nicht mehr blau, sie sind so dunkel, dass man meinen könnte, sie wären schwarz. Mit beinahe unnatürlicher Ruhe leert er seine Hosentaschen, legt Brieftasche und Schlüssel auf das kleine Nachtschränkchen. Dem Hemd folgen Hose, Strümpfe und seine Calvin Klein Unterhose. Rhys scheint es zu genießen, wie meine Augen ihn dabei beobachten. Sein Körper ist einfach wundervoll und allein sein Anblick schickt mir prickelnde Schauer über meine Haut. Sein Geschlecht ragt mir lang und prall entgegen und ich muss bei seinem Anblick schlucken. Ich müsste eigentlich jetzt aufstehen und gehen, aber dafür ist es einfach zu spät. Ich will bleiben. Oh mein Gott, Alex wird mich umbringen, das darf er niemals erfahren.

Die Erinnerung an meinen Bruder wirkt allerdings wieder wie eine kalte Dusche. Bevor Rhys sich über mich beugen kann, springe ich auf und raffe meine Sachen zusammen.

Verwirrung liegt in seinem Blick, als ich zur Tür gehe.

»Es tut mir leid, Rhys. Aber ich bin nicht die Richtige für so was, ich kann das nicht.« Damit haste ich hinaus, als würde es um mein Leben gehen. Ein irrwitziger Gedanke, aber irgendwie geht es genau darum.

8

Ich stehe weinend unter der Dusche und nicht einmal das kalte Wasser vermag es, meinen Körper und meinen Verstand aus seiner Taubheit herauszureißen. Mein Geist ist so leer, dass ich mich nicht einmal mehr an meinen Namen erinnern kann. Ich blicke an mir herunter und bemerke erst jetzt, dass ich immer noch meinen Rock trage und meine Bluse in den Armen halte, die ich schnell zusammengerafft habe, um aus Rhys' Wohnung zu fliehen.

Ich lehne mich mit dem Rücken an die kalte Glaswand und lass mich daran hinunter auf die Fliesen gleiten. Ich weine, heiße Tränen rinnen mir über die Wangen und werden von dem Wasser weggespült. Ich zittere unkontrolliert, bis mein Verstand sich wieder einschaltet. Meine Güte, wie ich diesen Mann begehre! Aber ich will mich nicht zu seiner Geliebten degradieren lassen, egal wie sehr ich mich nach seinem Körper sehne. Ich ziehe mich unbeholfen aus, lasse meine Kleidungsstücke einfach neben mich fallen und wasche mich mit kaltem Wasser, um Rhys' Geruch von meinem Körper zu spülen. Von meinem Herzen lässt er sich leider nicht so schnell fortspülen und durch den Abfluss jagen. Ich benutze meinen eigenen Duschschaum, der so wundervoll nach Pfirsich duftet, und als ich meine Augen schließe, erinnere ich mich an Honolulu. Sollte es mir wirklich gleich zweimal in so kurzer Zeit passiert sein, dass ich mich dermaßen in die Nesseln setze?

Es klopft an der Tür und im ersten Moment denke ich, dass es Alex ist, so verwirrt bin ich, doch Rhys steckt den Kopf herein. Er trägt wieder einen Anzug, mit ordentlich gebundener Krawatte und silbernen Manschettenknöpfen, als sei nichts vorgefallen. Ein Irrsinn, dass mir in diesem Moment solche Details ins Auge fallen. Ich sitze nackt und immer noch zitternd auf dem Boden der Dusche und das kalte Wasser prasselt wie ein Regenguss auf mich nieder.

»Mein Gott, Jaz, was ist mit dir?« Er tritt näher und schaut mich einige Sekunden stumm an. Als ich nicht reagiere, kommt er einfach zu mir unter die Dusche, setzt sich zu mir auf den Boden. Im Anzug. Das Wasser prasselt jetzt auch auf ihn nieder.

Stumm starre ich ihn an.

»Sag mir, wie es dir geht.«

»Gut«, antworte ich einsilbig und bedecke mit meiner nassen Kleidung meinen Körper. Ich schaue ihn nicht an, höre aber, dass er sich erhebt und das Wasser abdreht. Dann zieht er mich in seine Arme.

»Das ist gelogen«, flüstert er mir ins Ohr und küsst meine Ohrmuschel.

Ich schließe die Augen und genieße diese Zärtlichkeit, sie ist wie Balsam auf meiner Seele.

»Es tut mir leid.«

Ich versteife mich bei seinen Worten. »Was tut dir leid?«

Seine Hände reiben vorsichtig meine Oberarme und mein Körper erwacht langsam wieder zum Leben. »Wie ich dich behandelt habe. Ich bin nicht so gut darin.«

»Worin?« Meine Stimme krächzt.

»Nett zu sein. Darin, deine Wünsche zu akzeptieren, dein *Nein* hinzunehmen.«

»Es gab wohl noch nicht viele Frauen, die *Nein* zu dir gesagt haben?«

»Nicht wirklich.«

Ich spüre, wie er schluckt.

»Ich wollte dich so sehr, dass ich an nichts anderes denken konnte. Keine Frau hat mich bisher so aus der Fassung gebracht, wie du. Komm, du musst dich aufwärmen.«

Er beginnt sich auszuziehen, dann nimmt er mir meine nassen Kleider ab. Warmes angenehmes Wasser liebkost nun unsere Leiber und seine Streicheleinheiten sind ein wahrer Genuss. Sie sind zärtlich, ohne sexuellen Hintergrund, einfach nur tröstend. Nachdem mein Körper nicht mehr ganz so blau schimmert, wickelt Rhys mich in ein Duschtuch und trägt mich zu meinem Bett. Er geht wieder ins Bad, trocknet sich ab und kommt zu mir.

»Rutsch rüber.«

Verblüfft mache ich Platz und Rhys schließt mich in die Arme. Mein Blick fällt zum Fenster, an dem die Vorhänge noch nicht zugezogen sind.

»Warum hast du mich gesucht?«, frage ich.

»Ich muss übers Wochenende zu einer Konferenz nach Washington und wollte dir Bescheid geben, dass ich erst am Montagnachmittag wiederkomme.«

»Dann musst du gleich los?«

Er schüttelt den Kopf, greift zu seinem Handy, das auf meinem Nachttisch liegt und wählt.

»Cunningham. Wir fliegen erst morgen früh. Sechs Uhr.« Dann legt er auf.

Ich schaue ihn an und kann nicht glauben, dass hier der gleiche Mann neben mir liegt, vor dem ich noch vor wenigen Minuten aus seinem Schlafzimmer geflüchtet bin.

»Du bist unglaublich.« Ich will sein Gesicht streicheln, doch er nimmt meine Hand in seine und dreht mich, damit ich mit dem Rücken an seiner Brust liege.

»Schlaf jetzt«, brummt er leise.

Völlig fertig lasse ich mich in seine Arme sinken. Ich bin müde, und obwohl dieser unglaubliche Mann neben mir liegt, lächele ich und das Letzte, was ich spüre, sind seine warmen Beine, die meine umschlingen.

~

Grelles Licht flutet das Zimmer, als ich erwache. Die Sonne geht gerade auf. Ich schätze, dass es circa fünf Uhr ist. Auf irgendeine Art scheint es mir besser zu gehen. Das Zittern ist verschwunden, mir ist angenehm warm. Fast schon zu warm. Ich will die Decke von meinem Körper streifen, doch das funktioniert nicht. Als ich mich umdrehen will, spüre ich Arme, die mich umfangen und für die Wärme in meinem Bett verantwortlich sind. Rhys.

Ich muss dringend ins Bad und will mich heimlich aus dem Bett stehlen, doch er hält mich fest, will mich nicht loslassen. »Geh nicht weg«, murmelt er aus einem Berg von Kissen.

»Ich muss mal.«

»Komm schnell wieder.«

Ich beeile mich mit meiner Morgentoilette, putze mir die Zähne und ziehe einen Pyjama an. Als ich wieder ins Schlafzimmer komme, liegt Rhys im Bett. »Komm her«, murmelt er.

Träge kuschele ich mich in seine Arme.

»Du siehst heute Morgen besser aus, geht es dir gut?« Er zieht mich fest an sich.

»Ja«, nicke ich. »Sagtest du nicht, dass du niemals neben mir aufwachen wirst?«

»Keine Regel ohne Ausnahme.«

»Das war heute Nacht also eine Ausnahme?«

»Es war ... ich weiß nicht genau, was es war ...«

Ich unterbreche ihn, indem ich meinen Zeigefinger auf seine Lippen lege. »Psst, ich will es gar nicht so genau wissen.«

Obwohl es irgendwie unmöglich ist nach unserer gemeinsamen Dusche, bilde ich mir ein, dass er wieder so wunderbar nach *Blue de Chanel* riecht, ich könnte in diesem Duft ertrinken. Ohne Vorwarnung beugt es sich über mich und küsst mich. Er schmeckt nach Minze.

»Du riechst wie der Frühlingswind.« Rhys schnuppert an mir und beißt mir vorsichtig ins Ohrläppchen. Es kitzelt und ich muss lachen. Er schafft es immer wieder, mich zu überraschen. In der einen Sekunde noch mürrisch und ungehobelt, dann leidenschaftlich und aggressiv, mutiert er in der Nächsten zu einem zärtlichen Liebhaber. Wer soll da noch mitkommen.

»Wolltest du nicht schon längst in deinem Flieger nach Washington sitzen?«, frage ich atemlos.

»Sie werden nicht ohne mich fliegen«, knurrt Rhys und es fühlt sich so furchtbar vertraut an, dass ich mich am liebsten einfach fallen lassen möchte, doch mein Verstand läuft auf vollen Touren.

»Sag mir, hast du es dir überlegt? Was muss ich tun, damit du auf mein Angebot eingehst?«, reißt er mich aus meinen Gedanken.

Ich drehe mich, um ihm in die Augen blicken zu können. In diesem Moment wünsche ich mir, wir wären ein ganz normales Paar. Wie gern würde ich ihn jetzt verführen, ihm zeigen, was ich alles mit seinem Körper anstellen kann. Ich will ihn in mir spüren, heißes Verlangen wallt in mir auf. Vorsichtig taste ich mich zu seinem Gesicht vor und fahre die Linien seiner geschwungenen Lippen nach. Sie sind so weich und glatt, ihre Farbe hat einen dunklen Erdbeerton. Mein Gott, wie kann ein Mann so sexy Lippen haben? Ich müsste mich nur ein wenig in die Höhe recken, dann würde ich sie küssen können, doch etwas hält mich zurück. Es ist der Glanz in seinen Augen. Er zeigt mir seine Gier und dass er alles versprechen würde, um sein Ziel zu erreichen. Aber diesen kleinen Happen will ich mir nicht entgehen lassen und küsse ihn zärtlich. Als er seine Zunge in meinen Mund schieben will, löse ich mich von ihm und sage: »Rhys, es hat sich seit gestern nichts geändert. Ich werde keine Affäre mit dir beginnen.«

Ich stehe neben mir und applaudiere mir selbst zu diesem Akt von Selbstbeherrschung, doch am liebsten würde ich weinen.

~

Die Privatmaschine, eine Legacy 650, gleitet ruhig durch ein Wolkenbett, dem blauen Himmel entgegen, doch Rhys hat in diesem Moment keinen Blick für dieses Szenario, vielmehr tanzen ganz andere Bilder vor seinem inneren Auge. Bilder einer Jaz, die am frühen Morgen in seinen Armen erwacht. Der Gedanken daran bringt seine Hormone in Wallung und sein Blut staut sich wieder zu einer harten Erektion. Er ist froh, im Moment allein zu sein. Es ist ihm unbegreiflich, was diese Frau an sich hat, dass es ihn fast wahnsinnig werden lässt. Weder ist sie so schön wie Melissa, noch hat sie deren Stil, doch auf ihre ganz eigene Art ist Jaz die Frau, die sein Interesse mehr weckt, als jede andere vor ihr. Er kann nicht definieren, woran es liegt. Mürrisch schüttelt er den Kopf, zückt sein Handy und wählt eine Kurzwahltaste.

»Walter, hier Cunningham. Ich möchte, dass Sie ein Dossier über eine neue Mitarbeiterin anlegen. Ihr Name ist Jazman Darling, sie ist die Schwester meines Partners Alexander Darling. Sie ist Deutsche, hat aber in den letzten Jahren auf Hawaii studiert. Graben Sie alles aus, was Sie finden können. Vor allem, was sie in Honolulu so getrieben hat. Die Akte bitte nicht an meine E-Mail-Adresse senden, sondern mir persönlich übergeben. Wir treffen uns an dem üblichen Ort. Danke.«

Mit geschlossenen Augen lässt er den Kopf auf die Stütze des weißen Sessels sinken. Er weiß, ihre Zurückhaltung hat etwas damit zu tun, was auf Honolulu vorgefallen ist. Er muss schnellstmöglich herausbekommen, was das war.

9

Trishs Wagen ist eine große schwarze amerikanische Limousine, die der Fahrer sicher durch den New Yorker Mittagsverkehr steuert.

Rhys ist von der Konferenz noch nicht zurückgekehrt, zu der er am Samstagmorgen aufgebrochen ist. Zwar habe ich eine SMS oder ein Telefonat erwartet, doch er blieb stumm und ich will ihn nicht nerven. Auch von Alex ist nichts zu hören, was ich sehr begrüße. Alex hat eine feine Antenne, was mich betrifft und ich will ihn nicht unnötig beunruhigen.

Wir sitzen im Fond des Wagens und Trish reicht mir ein Glas Champagner. Ich weiß nicht, ob es schicklich ist, schon am frühen Nachmittag Alkohol zu trinken, aber Trish bittet mich so nett, sie nicht allein trinken zu lassen, dass ich es ihr nicht abschlagen kann.

»Und, haben Sie schon mit Rhys geschlafen?«

Ihre Frage trifft mich so unerwartet, dass ich mich am Champagner verschlucke. Das ist für sie Antwort genug. »Dachte ich es mir doch. Ihm kann man einfach nicht widerstehen, nicht wahr? Er war schon als kleiner Junge so, da konnte er bereits jede Frau um den Finger wickeln.«

Verblüfft schaue ich sie an. »Als Junge?«

Sie lacht ganz unbefangen. »Ja, hat Rhys Ihnen nicht erzählt, dass ich seine Großmutter bin?«

Würde ich nicht sitzen, hätte ich ein Problem. Diese Nachricht haut mich regelrecht um.

Trish liest in meinem Gesicht, in dem sicher für einen kurzen Moment Enttäuschung aufflammt, doch sie ist zu sehr Dame, sich etwas anmerken zu lassen.

»Nein, Trish, er hat mir nichts gesagt. Und um Sie zu beruhigen: Ich habe nicht mit ihm geschlafen.«

»Schade.«

Ich nippe an meinem Glas und versuche, einen unbeteiligten Eindruck zu machen. »Finden Sie?«

Trish nickt, dann zuckt sie die Schultern. »Ich kann mir schon denken, was ihn zurückhält. Diese eigenartigen Prinzipien, an die er sich klammert, als ginge es um sein Leben.« Verständnislos schüttelt sie den Kopf.

Aha, dann sind wir ja schon zu zweit, denke ich. Laut sage ich jedoch: »Er ist nicht der Einzige, der etwas zu verlieren hätte.«

Sie winkt mit ihrer zarten Hand. »Manchmal muss man über seinen Schatten springen, um etwas zu gewinnen. Bei Ihnen könnte er ruhig eine Ausnahme machen.«

~

Schwester Gabrielle führt uns im ganzen Haus herum, stellt uns den anderen Nonnen des Ordens vor.

Sie leitet das Heim schon mehr als dreißig Jahre. Das Gebäude des St. Francis Kinderheims ist alt und müsste dringend renoviert werden. Zweihundertzwölf Kinder aller Altersklassen sind hier untergebracht. Schwester Gabrielle erzählt uns, dass sie bis zu ihrem achtzehnten Lebensjahr in dem Heim bleiben können. Kinder, die nicht vorher vermittelt werden, ziehen in Wohngruppen, sobald sie aufs College gehen. Ich erfahre, dass es gerade den Jüngeren an Vielem fehlt, dass das Heim dringend auf Spenden angewiesen ist.

»Mrs McKenzie, darf ich mich nach dem Befinden von Rhys erkundigen? Wir haben lange nichts mehr von ihm persönlich gehört. Es muss fast an die dreißig Jahre her sein, dass er uns verlassen hat.« Meine Überraschung über diese Neuigkeit kann ich nur mühsam verbergen. Rhys ist ein Heimkind? Plötzlich habe ich eine Unmenge Fragen, doch ich will mir keine Blöße geben und schaue Trish nur aus dem Augenwinkel an.

Sie nickt. »Ja, er ist jetzt sechsunddreißig. Es geht ihm gut. Vielleicht kann unsere liebe Jazman ihn dazu bewegen, Sie einmal zu besuchen.«

Schwester Gabrielle mustert mich neugierig. »Sie sind Rhys' Freundin?«

Abwehrend hebe ich die Hände und will verneinen, ihr erklären, dass ich nur eine Angestellte bin, doch Trish kommt mir zuvor. »Ja, sie sind so ein wundervolles Paar.« Sie tätschelt mir die Hand und ich bin sprachlos.

»Was genau ist der Anlass Ihres Besuches?«

Endlich kann auch ich etwas zu dem Gespräch beitragen. »Wir sind auf der Suche nach einem Spendenobjekt für die Cunningham Stiftung und ich denke, dieses Heim ist genau das Richtige, um in das Förderprogramm für bildende Künste aufgenommen zu werden.«

Etwas irritiert blickt Schwester Gabrielle von einem zum anderen. »Aber Rhys unterstützt uns bereits. Er hat die Patenschaft für eines der Kinder übernommen. Somit sind seine täglichen Mahlzeiten, Kleidung und das Schulgeld gesichert.«

Trish schaut mich erstaunt an. Ich hebe unmerklich die Schultern, aber jetzt wird mir klar, warum Rhys verhindern wollte, dass ich das Kinderheim besuche.

»Dürfen wir erfahren, welches Kind Mr Cunningham bereits unterstützt?«

»Es ist ein achtjähriger Junge namens Elijah. Er ist ein Waisenkind, seine Familie ist bei einem Hausbrand ums Leben gekommen. Die Kinder machen gerade ihre Hausaufgaben, wenn Sie wollen, können wir einen Blick auf sie werfen.«

Der Hausaufgabenraum ist freundlich und hell, er ähnelt einer Bibliothek, allerdings stehen nur wenige Bücher in den Regalen. Ich bewege mich zwischen den Kindern und schaue dabei zu, wie sie ruhig ihre Aufgaben erledigen. Die meisten von ihnen sind schon älter, aber ich entdecke einen blonden kleinen Jungen, der verträumt aus dem Fenster starrt. Der Platz neben ihm ist leer und ich setze mich zu ihm. Als er mich bemerkt, wird er ganz rot.

»Du hast mich ertappt«, flüstert er leise.

»Wobei?«, frage ich. Er legt einen Finger auf die Lippen und flüstert: »Psst, wir müssen leise sein, um die anderen nicht zu stören.«

Ich nicke ihm lächelnd zu.

»Kommst du mich besuchen?« Seine Augen sind leuchtend blau und erinnern mich an Rhys.

»Möchtest du denn, dass ich dich besuche?«

Er denkt einen Augenblick über die Frage nach. »Nur, wenn du wiederkommst. Die anderen Kinder bekommen oft Besuch und werden dann auch mitgenommen.«

»Kommt dich denn niemand besuchen?«

Er blickt mich an und schüttelt dann traurig den Kopf.

Er rührt mich. »Wie ist dein Name?«

»Elijah Lincoln. Und deiner?«

»Ich heiße Jazman, aber du kann mich Jaz nennen. Was hältst du davon, wenn ich dich einmal besuchen komme? Vielleicht am Samstag, dann können wir ein Eis essen gehen.«

Das Wort Eis bricht den Bann und ein Leuchten gleitet über Elijahs Gesicht. »Wirklich? Du holst mich wirklich Samstag ab und wir gehen ein Eis essen?« In seinen Augen blinkt Freude auf und auch die Bitte, ihn nicht zu enttäuschen. Wie kann ich da *Nein* sagen. Ich halte ihm meine Hand hin. »Schlag ein Kumpel, wenn du jetzt fleißig deine Aufgaben machst, werde ich mit Schwester Gabrielle sprechen und dich am Samstagmittag abholen.«

~

Der Flieger aus Washington landet pünktlich um 14:30 Uhr auf dem J.F.K. Flughafen und Matt wartet wie üblich im VIP Bereich. Eine Stunde später parkt der Wagen endlich in der Tiefgarage. Ungeduldig besteigt Rhys den Fahrstuhl und kann es kaum erwarten, in die Chefetage zu gelangen. Denn dort ist *sie*! Einen ganzen Tag hatte er in einer stinklangweiligen Sitzung verbracht und fast ununterbrochen an Jaz gedacht. Als er später allein in seiner Hotelsuite saß, nahm er gefühlte tausend Mal sein Handy zur Hand, um ihr eine Kurzmitteilung zu senden, wie sehr er sie vermisste. Keine davon sandte er ab. Dafür schickte er Abigail eine E-Mail mit einem Auftrag.

Endlich öffnet sich die Fahrstuhltür und Rhys betritt mit langen Schritten Jaz' Büro. Es ist leer. Er hält in seiner Bewegung inne. Verflucht, wo ist sie? Ihr Schreibtisch ist verwaist und ordentlich aufgeräumt. Hat sie gekündigt? Hat sie ihn verlassen? Niemand verlässt ihn, wenn er das nicht will! Abrupt dreht er sich um und hält auf Abigail zu.

»Wo ist Miss Darling?«, donnert seine Stimme durch den Raum.

Abigails Gesicht läuft rot an, als wäre sie persönlich dafür verantwortlich, dass Jaz nicht an ihrem Schreibtisch sitzt. »Sie besucht ein Kinderheim, Mr Cunningham.«

»Welches Kinderheim?« Seine Stimme könnte Papier schneiden.

»Ich glaube, St. Francis.«

»Sie glauben?« Rhys kann sich nur schwer beherrschen.

»Ja, ich habe Miss Darling darüber mit Mrs McKenzie sprechen hören.«

Rhys schlägt wütend mit der Faust auf die Theke.

»Mensch, Abigail, jetzt lassen Sie sich doch nicht jede Einzelheit aus der Nase ziehen.«

Pure Angst starrt ihm entgegen und Abigail ist vor lauter Furcht verstummt. Rhys fährt sich mit den Händen über sein Gesicht und atmet langsam aus. Er versucht, seine Nerven zu beruhigen. Zumindest hat sie nicht gekündigt.

»Also, Abigail, mal ganz in Ruhe. Jazman ist zu dem Kinderheim St. Francis unterwegs?«

Sie nickt und räuspert sich verlegen. »Ja, sie wurde von Mrs McKenzie abgeholt, vor etwa einer Stunde.«

»Sehen Sie, Abigail, das ist doch eine Information, mit der man etwas anfangen kann.«

Sie nickt und trotz seines gemäßigten Tonfalls treten ihr Tränen in die Augen. Innerlich flucht Rhys. Das Nervenkostüm seiner Empfangsdame ist einfach zu dünn, hier ist dringend Abhilfe von Nöten. »Okay, Abigail. Schicken Sie mir Susan in mein Büro und dann holen Sie sich mal einen starken Kaffee.«

~

Der Kaffee ist heiß und riecht verführerisch. Abigail lehnt mit geschlossenen Augen an der Wand.

»Das duftet hier aber gut!«

Erschrocken reißt sie die Augen auf und verschüttet den dampfenden Inhalt der Tasse über ihre rechte Hand.

»Aua, Mist!«

»Oh Gott, das wollte ich nicht. Es tut mir leid, zeigen Sie mal her.« Matt steuert direkt auf sie zu und begutachtet ihre Hand, die sich dunkelrot verfärbt. »Sie haben sich verbrüht, schnell, wir sollten es kühlen.« Er führt sie zum Becken und lässt kaltes Wasser darüber laufen.

»Oh nein, Mr Baker, es ist schon in Ordnung, lassen Sie ruhig.«

Abigail will ihm ihre Hand entziehen, doch er lässt nicht locker und hält sie fest.

»Nennen Sie mich doch Matt.« Er lächelt auf sie herunter und Abigails Knie werden weich. Seine dunkelbraunen Augen schleichen sich in ihr Herz, veranlassen sie zu einem Lächeln. »Es ist nichts, Matt.« Ihre Stimme klingt in ihren Ohren leicht rauchig, sie fühlt sich irgendwie umnebelt. Mein Gott, dieser Matt konnte einer Frau wirklich den Kopf verdrehen. Er war so offen und freundlich, ganz anders als der düstere Rhys Cunningham.

»Ihre Haut ist ganz rot, ich habe oben eine Brandsalbe, damit sollten wir Sie versorgen. Kommen Sie.« Er wickelt ein sauberes Küchenhandtuch um die verbrühte Hand und führt sie, ungeachtet ihrer Proteste, zum Aufzug.

Matts Wohnung ist ein Traum. Abigail schaut sich neugierig um. Sandfarbende Handtücher liegen im Bad bereit, die so dick und flauschig aussehen, als wären sie neu. Matt holt Salbe und Mullbinden aus dem Apothekerschrank, dann versorgt er ihre Hand damit. Sie stehen sich im Badezimmer nah gegenüber. Krampfhaft sucht sie nach einem unverfänglichen Thema, als Matt fragt: »Was hat Sie so aus der Fassung gebracht?«

Sie traut sich kaum, ihm in die Augen zu blicken. »Ich weiß nicht, was Sie meinen.«

»War es Rhys?«

»Mr Cunningham wollte ...« Dann verstummt sie, weil sie den Faden verloren hat.

Matt lächelt. »Abigail, Mr Cunningham ist nur ein Mann, Sie sollten keine Angst vor ihm haben.«

»Nun, es gibt solche und solche Männer.«

»Und zu welcher Sorte Mann gehöre ich für Sie?«

Sie muss schlucken. Matt hat mittlerweile den Verband befestigt.

»Sie?«, stammelt Abigail unsicher.

Matt schaut sie an. »Gehöre ich für Sie zu den Männern, mit denen Sie zu Abend essen würden?«

~

Trish McKenzie bewohnt ein Penthouse auf der 5th Avenue, nicht weit vom Cunningham Gebäude entfernt. Sie hat mich eingeladen und ich kann nicht ablehnen, denn meine Neugier auf Informationen über Rhys ist einfach grenzenlos. Ich sitze ihr gegenüber und wir trinken eine Tasse Tee, zum Glück keinen weiteren Alkohol, denn ich will, dass mein Kopf klar bleibt. Ich vertrage nicht sehr viel, daher war das Glas vorhin im Auto schon zu viel.

Ich beobachte sie. Trish sieht wesentlich jünger aus, als sie in Wirklichkeit ist. Sie ist teuer und modisch gekleidet, ihre Wohnung modern eingerichtet. Keine gehäkelten Decken oder sonstiger Schnickschnack. Moderne Kunst wechselt sich ab mit alten Klassikern. Es ist bei ihr gemütlich. Sie blickt mich an und lächelt, ich kann nicht anders, als dieses Lächeln zu erwidern.

»Wissen Sie, Jaz, Sie gefallen mir. Ich hoffe, Rhys schafft es nicht, Sie in kürzester Zeit wieder zu vergraulen.«

Ich glaube, ich muss da etwas klarstellen. »Trish, ich bin seine Angestellte, er ist mein Boss. Ich glaube nicht, dass ich seine Freundin werden sollte.«

Sie winkt ab. »Ach papperlapapp. Das Schlimme an Rhys ist, dass dieser Junge nicht erkennt, was gut für ihn ist. Schauen Sie sich doch die schrecklichen Dinger an, mit denen der befreundet war. Wie lange hat das denn gehalten? Gerade mal 2 Monate beim letzten Mal. Jaz, ich kann es förmlich fühlen, dass Sie die Richtige für ihn sind. Wir müssen ihn nur dazu bewegen, dass er das auch erkennt.«

Ich werde puterrot und komme mir vor, als würde ich demnächst auf einer Auktion versteigert.

»Jaz, Sie müssen einiges über Rhys erfahren«, meint Trish und setzt sich zu mir auf das Sofa. Vorsichtig legt sie ihre Hand in die meine. »Rhys ist das uneheliche Kind meines Sohnes Jack. Seine Mutter war Jacks Hausangestellte. Er hatte ein Verhältnis mit Theresa, und als Rhys geboren wurde, zwang Jack sie, ihn fortzugeben. Die Ähnlichkeit war einfach zu frappierend.«

Ihr Blick gleitet traurig hinüber zum Fenster. »Rhys ist bei den Schwestern im St. Francis aufgewachsen, müssen Sie wissen. Nachdem er fort war, starb Theresa und kurz darauf kam mein Sohn bei einem Bootsunglück ums Leben.« Sie blickt mich an. »Ich habe erst viel zu spät von dem Jungen erfahren. Es tut mir unendlich leid, aber ich konnte Rhys erst zu mir holen, als er bereits ein Schulkind war. Ich glaube, das hat er nie überwunden. Da ist etwas in seinem Blick ...« Verlegen räuspert sich Trish und blickt mich aufmunternd an. »Trinken Sie Ihren Tee, mein Kind, sonst wird er kalt.«

10

Es ist fast achtzehn Uhr, als ich mein Appartement betrete. Ich höre Klopfgeräusche und weiß, Rhys ist zurück. Am liebsten würde ich mich direkt in seine Arme werfen, doch die Geschichte, die mir Trish erzählt hat, geht mir nicht mehr aus dem Kopf, so sehr berührt sie mich. Ich sehe diesen kleinen verletzten Jungen vor mir und das Gesicht von Elijah spukt in meinem Kopf herum. Sie zerschmelzen zu einer Person und mit einem Mal verflüchtigt sich dieses Dunkle und Geheimnisvolle, das Rhys umgibt, und zurück bleibt nur eine einsame Seele, die niemand haben will. Außer mir. So kommt es mir jedenfalls vor. Auch wenn Rhys mittlerweile erwachsen ist, liegt ein ständiger Schmerz in seinem Gesicht und ich möchte plötzlich alles tun, damit er daraus verschwindet.

Die Statue, die er mir geschenkt hat, steht immer noch auf dem Wohnzimmertisch und ich nehme sie in die Hand. Es ist eine hervorragende Arbeit. Meine Finger fahren über den glatten Stein. Sie ist so filigran gearbeitet, leider hat sie kein Gesicht. Als ich weiter die Konturen entlanggleite, spüre ich auf dem Rücken einige Vertiefungen, ganz leicht, aber sie sind da. Ich schaue mir die Figur genauer an und entdecke kleine eingearbeitete Ritzen, nicht sehr tief, aber doch mit dem bloßen Auge zu erkennen. Gedankenverloren stelle ich die Statue an ihren Platz zurück.

Ich weiß nicht, ob ich so einfach wieder seine Wohnung betreten darf, aber ich steige die Treppen hinauf, um in seine Werkstatt zu gelangen. Diesmal ist die Tür geschlossen und ich klopfe vorsichtshalber an. Vielleicht bin ich nicht willkommen. Als niemand antwortet, will ich wieder gehen, doch meine Sehnsucht setzt sich durch. Ich will Rhys sehen. Ich habe ihn vermisst.

Ohne Vorwarnung betrete ich den Raum. Da er nicht aufschaut, erkenne ich, dass er böse auf mich ist. Na klasse, ich sollte doch lieber gehen und drehe mich um.

»Wo willst du hin?«

Ich halte in meiner Bewegung inne und habe Angst, dass wir wieder streiten werden. Doch gehen kann ich nun auch nicht mehr. Verdammt, ich hätte erst gar nicht hierher kommen sollen.

»Ich möchte dich nicht stören.«

»Komm her zu mir.«

Sein Ton ist befehlend, aber ich tue ihm den Gefallen und gehorche. Er dreht sich auf dem Stuhl zu mir um und schaut mich an. Sein Blick ist düster, unergründlich. Ohne etwas zu sagen, legt er seine Arme um meine Taille und zieht mich an sich. Ich fahre über seine Haare, streiche sie ihm aus der Stirn.

»Du bist böse auf mich«, stelle ich fest.

»Ich habe dich vermisst«, murmelt er an meinem Bauch. Er schaut mich an und presst die Lippen fest aufeinander, so, als müsste er die Worte daran hindern, aus seinem Mund zu sprudeln. »Du warst nicht da, als ich zurückkam.« Die Antwort eines kleinen verlassenen Jungen, mir schießen die Tränen in die Augen. Wie anders würde das alles in meinen Ohren klingen, wüsste ich nicht das, was ich weiß.

»Trish hat mich eingeladen, das St. Francis zu besuchen.«

Er lässt von mir ab und steht auf. »Es ist eigentlich nicht ihre Art, sich einzumischen«, murmelt Rhys vor sich hin und begutachtet ein Stück Marmor, das auf dem Highboard liegt.

»Warum hast du es mir nicht gesagt?«, frage ich und starre seinen Rücken an.

»Was?«, fragt er und dreht sich zu mir um, »dass Trish meine Großmutter ist? Sie hat es dir also erzählt.«

Ich nicke. Ich will ihm nicht verraten, dass ich so viel mehr weiß, aber ich glaube, dass er es in meinen Augen lesen kann.

»Tja, ich denke, dann wird sie dir auch den Rest erzählt haben. Jetzt weiß du also alles über den Bastard.«

Ich bin bestürzt über seine harten Worte. Verdammt, ich weiß einfach nicht, was ich darauf antworten soll. Wie tröstet man jemanden, der so tief verletzt wurde?

»Für mich bist du kein Bastard. Dass du zornig bist, kann ich aber verstehen. Ein Kind für die eigenen Fehler büßen zu lassen, ist unverzeihlich. Aber ich kann und will nicht über andere urteilen. Das Leben ist manchmal nicht fair.«

»Das Leben ist nie fair, besonders dann nicht, wenn man eine Hausangestellte und die Geliebte des Chefs ist.«

Oh ja, da kann ich ihm nur zustimmen. Denn etwas anderes würde ich auch nie sein, als die Geliebte des Chefs, über die man hinter vorgehaltener Hand spricht, dieser Gedanke schießt mir durch den Kopf. Denn dass ich seine Geliebte werde, daran besteht für mich nun kein Zweifel mehr. Er rührt etwas tief in mir an, das ich noch nicht beschreiben kann. Wenn ich um einige Jahre jünger wäre, würde ich es für Liebe halten. Doch ich weiß, wie absurd dieser Gedanke ist.

»War sie das, deine Mutter? Seine Geliebte?«

Er schaut mich an und nickt. »Ja, bis zu dem Zeitpunkt, an dem er sie halb totgeprügelt hat.«

Mir stockt der Atem. »Was ... was meinst du?«

Sein Blick ist kalt. Jetzt verstehe ich dieses abstruse Bedürfnis nach Distanz zu seinen Angestellten, das er immer wieder betont und kaum durchhält. Mein Hals ist wie zugeschnürt, ich will so viele Dinge sagen, so viel fragen, doch ich bringe kein Wort heraus.

»Du solltest dich wirklich lieber nicht mit mir einlassen. Vermutlich hast du das die ganze Zeit gespürt.« Die Mauer, die er in diesem Augenblick um sich aufbaut, ist so hoch, dass ich sie nicht überwinden kann.

»Du willst mich also nicht mehr?« Meine Stimme erkenne ich im Augenblick selber nicht wieder. Sie zittert wie ein Vögelchen, das im Sturm aus dem Nest gefallen ist.

»Du kennst meine Bedingungen und ich verstehe, dass du sie so nicht akzeptieren kannst.«

Wie schön, dass immer andere verstehen, was ich fühle, wissen, was ich kann und was ich nicht kann. Nur ich scheine es nie genau zu wissen.

»Was ist in der Zwischenzeit passiert? Wenn ich mich recht erinnere, wolltest du mich noch, bevor du am Samstag abgeflogen bist, du wärst auf jeden Handel mit mir eingegangen.«

»Ich habe meine Meinung geändert.«

»Schwachsinn.«

»Ich habe eine Andere gefunden.«

»Noch größerer Schwachsinn.«

Er blickt mich an und die Kälte in seinen Augen lässt mich frieren, bei 33 Grad Außentemperatur. »Ein Fick ist so gut, wie jeder andere.«

Ich lache hart auf. »Tja, den Vergleich mit mir wirst du dann wohl leider nun doch nie ziehen können.«

Noch stehe ich unschlüssig im Raum, zwei Sekunden später drehe ich mich um und gehe.

~

Ich sitze in meinem neuen Appartement und starre diese blaue Marmorfigur an. Nun verstehe ich auch die Striemen auf dem Rücken. Diese Statuen stellen alle Rhys' Mutter da, immer wieder das gleiche Motiv. Eine Frau ohne Gesicht, die Hilfe suchend die Hände in die Höhe streckt, mit Wunden auf dem Rücken. Immer wieder sehe ich einen Mann vor mir, der auf eine Frau einschlägt, der Rhys' Gesicht trägt. Doch mein Verstand will dieses Bild nicht in Einklang bringen mit dem Mann, dessen Anblick allein mein Herz höher schlagen lässt. Nein, ich bin mir sicher, so etwas würde Rhys nie tun. Er ist nicht wie sein Vater. Na gut, er ist schwierig, aber ich bin überzeugt davon, dass er mich nie schlagen würde.

Etwas in mir ist stark und sagt mir, dass ich ihn will, egal zu welchen Bedingungen. Er hat eine Nacht mit mir verbracht, obwohl er das nach eigenen Angaben niemals tun wollte. Ich weiß, dass hinter unserer Beziehung mehr steckt, als Rhys zugeben will und das darf ich nicht einfach so aufgeben.

~

Ich sitze an meinem Schreibtisch, checke meine Mails und meinen elektronischen Kalender. Als ich meinen Termin mit Elijah eintragen will, sehe ich, dass ich von Samstag bis Dienstag auf einer Geschäftsreise bin. Schön, dass ich nun darüber Bescheid weiß.

Abigail sitzt am Empfang und legte gerade den Hörer auf. »Abigail, wissen Sie, wer die Termine in meinen Kalender eingetragen hat?«

Sie streicht ihr Haar aus dem Gesicht und mein Blick fällt auf ihre Hand. »Was ist passiert? Haben Sie sich verletzt?«

»Nein, Miss Darling, ich war ungeschickt und habe mir gestern heißen Kaffee über die Hand geschüttet. Matt, ich meine Mr Baker, war so freundlich mir einen Verband anzulegen.«

Ihre Augen blitzen auf, als sie Matts Namen erwähnt.

»Was halten Sie davon, wenn ich uns zwei Kaffee hole, und wir trinken sie in meinem Büro?«

Wenig später sitzen wir uns gegenüber und ich beobachte diese kleine zierliche Gestalt genau. »Abigail, was können Sie mir zu den Terminen sagen?«

Sie nimmt einen kleinen Schluck aus ihrer Tasse und nickt. »Mr Cunningham hat mir eine E-Mail geschrieben, als er in Washington war, dass ich alle seine Geschäftsreisen auf Ihren Kalender übertrage, damit Sie ihn begleiten können, so habe ich Ihre beiden

Terminkalender synchronisiert.« Sie schaut mir unsicher in die Augen.

»War das alles?«

Sie zögert kurz, dann schüttelt sie den Kopf. »Nein, ich musste bei allen Reisen auf eine Suite umbuchen.«

Ich räuspere mich. »Das war sehr nett von Ihnen, Abigail. Was halten Sie übrigens davon, wenn wir uns duzen? Ich kenne New York noch nicht, wir könnten ja mal etwas zusammen trinken gehen, nach der Arbeit.«

Sie lächelt mich freundlich an. »Das wäre sehr nett, Jazman, gerne. Ich weiß ja, dass du noch nicht so lange in der Stadt bist. Susan hat es mir erzählt.«

Hm, die gute Susan, mich würde interessieren, was sie noch so alles erzählt hat, aber ich möchte nicht neugierig erscheinen. »Wie wäre es mit heute Abend?«

»Oh, heute geht es leider nicht. Matt, ich meine Mr Baker, hat mich zum Abendessen eingeladen.«

»Matt ist ein toller Koch, dann ein anderes Mal«, ich lächele sie an.

Abigail nickt und erhebt sich. »Ich glaube, ich muss wieder an meinen Platz, bevor Mr Cunningham wiederkommt.«

»Wo ist er überhaupt?«

»Er sagte, er frühstückt mit seiner Großmutter.«

~

Ich schaue Abigail hinterher. Sie ist eine gute Mitarbeiterin, auch wenn sie sehr schüchtern ist. Ich könnte eine Freundin hier gut gebrauchen. Die Tür zum Flur lasse ich mit Absicht offen stehen, damit ich höre, wenn Rhys das Büro betritt. Die Geschäftsreise am Samstag passt mir gar nicht. Ich will Elijah nicht enttäuschen. Dieser kleine Junge liegt mir am Herzen, und ich sehe sein enttäuschtes Gesicht schon vor mir, wenn er erfährt, dass ich meinen Besuch abgesagt habe.

Also muss ich mit Rhys darüber sprechen, ebenso über mein Projekt, das St. Francis. Kaum habe ich diesen Gedanken zu Ende gesponnen, höre ich die Aufzugtüren und die zittrige Stimme von Abigail, die Rhys einen guten Morgen wünscht.

Er geht wortlos an meinem Büro vorbei. Nun, dann muss ich wohl die Initiative ergreifen. Ich folge ihm in sein Büro und schließe die Tür.

Neugierig über meine Unverfrorenheit, schaut Rhys mich an, zieht seine Anzugjacke aus und hängt sie über seinen Stuhl.

»Guten Morgen, Rhys, hast du einen Augenblick für mich?«

»Nein, ich habe einen Termin, tut mir leid, Jaz, du musst dich wohl ein wenig gedulden.« Er krempelt die Ärmel seines Hemdes auf, er sieht schwer beschäftigt aus.

»Und wenn du mich hier und jetzt haben könntest, hättest du dann Zeit für mich?«

Nun habe ich seine volle Aufmerksamkeit. Sein Gesicht jedoch bleibt verschlossen. »Was soll das werden, ein Mitleidsfick?«

»Wenn du auf Mitleid aus bist?« Ich verschränke die Arme vor der Brust, um so eine sichere Mauer zwischen uns aufzubauen, denn ich merke, dies hier wird eine schwierige Nummer.

Er lehnt sich lässig in seinem hochmodernen Schreibtischstuhl zurück und sieht so sexy aus, mit seinem dunkelblauen Hemd, ohne Krawatte. Der Kragen steht offen und schenkt mir einen Blick auf sein dunkles Brusthaar.

»Woher kommt dieser plötzliche Sinneswandel, Jaz? Hat es damit zu tun, dass du meinst, meine Geschichte zu kennen? Denn lass dir gesagt sein, du kennst sie nicht.«

Sekunden schaue ich ihn an, ohne etwas zu sagen. Dann löse ich mich von meinem Posten an der Tür und nähere mich ihm.

»Dass du so abweisend bist, hat es damit zu tun, dass du heute mit Trish gesprochen hast?«

Er faltet die Hände auf dem Tisch, ich nehme jede Bewegung von ihm wahr und registriere alles fein säuberlich.

»Jaz, was willst du?«

»Ich kann am Wochenende nicht mir dir verreisen.«

»Warum nicht?«, fragt er schroff.

»Weil ich eine Verabredung habe.«

»Dann sag sie ab.«

»Das kann ich nicht.«

»Wieso nicht?«

»Ich möchte ihn nicht enttäuschen.«

»IHN?« Plötzlich steht er auf und kommt auf mich zu. »Ich kann den Termin nicht absagen. Es ist die Eröffnung einer neuen Galerie in Boston. Ich bin der Ehrengast und du meine Begleitung. Sag dein Date ab.«

»Gut, Boston, Samstagabend. Wenn diese Veranstaltung erst am Abend stattfindet, werde ich nachkommen, meine Verabredung ist zum Lunch.«

»Du wirst nicht nachkommen. Wir werden gemeinsam fliegen. Dann werde ich eben auf dich warten, bis du dein *Lunch* beendet hast.« Er betont das Wort, als würde es sich um etwas Unanständiges handeln. Wütende Blicke treffen mich wie vergiftete Pfeile. Wenn ich es nicht besser wüsste, würde ich denken, er wäre eifersüchtig.

»Du könntest mich ja begleiten.« Langsam schlendere ich um den Schreibtisch herum auf ihn zu. Seine abweisende Art macht mich unheimlich an, am liebsten würde ich ihn hier in seinem Büro vernaschen. Dass er so provokant ist, fördert mein Verlangen und reduziert meinen Verstand auf ein Minimum.

»Warum sollte ich?«, fragt er, während er jeden meiner Schritte verfolgt.

Als ich ihn erreiche, schaue ich kurz zur Tür und hoffe, dass niemand den Kopf hereinsteckt oder dass uns ein Telefonat unterbricht. Dann raffe ich meinen Rock bis zu den Hüften hoch und setze mich rittlings auf seine Schenkel. Woher ich diesen Mut nehme, weiß ich nicht, doch Rhys' Unnahbarkeit lässt mich alle Skrupel über Bord werfen. Ich will ihn provozieren, schauen, wie weit ich gehen kann.

»Kannst du mir sagen, was das hier werden soll?« Seine Frage klingt schroff, doch er lächelt zum ersten Mal.

»Halt die Klappe!«, flüstere ich und küsse ihn.

Oh Gott, in dem Moment, wo sich unsere Lippen berühren, setze ich offensichtlich meinen Verstand endgültig außer Betrieb. Zuerst merke ich seinen kurzen Widerstand, doch ich will ihn, egal wie und ich will ihm zeigen, dass auch ich mir nehmen kann, was ich will. Doch er gibt nicht nach. Seine Lippen sind weich, aber er erwidert meinen Kuss nicht. Der Gedanke, dass ich mich hier an meinen Chef heranschmeiße, den das völlig kalt lässt, schleudert mich mit Macht in die Realität zurück. Verdammt, was mache ich nur?!

Erschrocken springe ich von seinem Schoß und Schamesröte steigt mir in die Wangen. Ich muss mich an dem Schreibtisch festhalten, damit ich nicht gleich in Ohnmacht falle. Schnell ziehe ich meinen Rock wieder herunter. Rhys' einzige Reaktion ist ein etwas zu schneller Atem für sein angebliches Desinteresse, ansonsten starrt er mich nur überrascht an. Ich schlage mir erschrocken die Hand vor den Mund und weiß, ich muss hier weg, sofort!

»Bitte, entschuldige«, stammele ich und eile aus seinem Büro. An der Tür stoße ich fast mit Susan zusammen. Ich höre noch, wie sie Rhys fragt, ob etwas passiert sei, dann schließt sich die Tür. Wenn er jetzt erzählt, was ich getan habe, bin ich geliefert.

Tränen treten mir in die Augen, doch ich will vor Abigail nicht weinen. »Mir geht es nicht gut, ich mache für heute Feierabend«, rufe ich ihr zu und laufe schnell zu dem Privataufzug, der mich in mein Appartement bringt.

11

Unglaublich, wie naiv ich doch sein kann. Ich hätte mich wirklich auf Cunningham eingelassen, egal zu welchen Bedingungen. Wie kann man nur so blöd sein? Habe ich denn seit dem letzten Mal gar nichts dazu gelernt? Wahrscheinlich nicht. Ich muss wieder an meinen Bruder und seine Ratschläge denken. Verdammt, es wäre das Beste, den Job hinzuschmeißen. Einfach nach Frankfurt zurückzukehren. Soll Rhys Cunningham eine andere finden, die er um den Verstand bringt.

Ich hole meinen Koffer aus dem Schrank und fange an, meine ganze Kleidung hineinzuwerfen. Je schneller ich verschwinde, umso besser. Ich weiß zwar nicht, wie ich das Ticket bezahlen soll, aber Alex wird mir diesen Gefallen bestimmt erweisen, wenn er hört, dass ich zurück nach Frankfurt komme. Natürlich will er dann auch wissen, was geschehen ist. Ich muss mir eine gute Geschichte einfallen lassen, damit er nicht misstrauisch wird und die Spur zu Rhys zurückverfolgt. Dass Alex sich meinetwegen Ärger einhandelt, will ich auf jeden Fall verhindern, denn ich weiß, wie mein Bruder reagiert, wenn es um mich geht.

»Wir fliegen doch erst am Samstag nach Boston und du brauchst auch keinen Koffer mitzunehmen.«

Rhys' Stimme kommt von der Tür. Ich weiß nicht, wie lange er dort schon am Türrahmen lehnt, die Hände lässig in den Hosentaschen vergraben, und mich beobachtet. Zu vertieft war ich in meine Überlegungen, wie ich die Situation wieder in den Griff bekommen könnte.

Ich schließe den ersten Koffer und stelle ihn auf den Boden. »Ich kann mich nur entschuldigen ...«, meine Stimme krächzt und versagt dann vollkommen. Hitze steigt mir in die Wangen. Ich schließe die Augen, verdammt, das ist so was von unprofessionell. Hörbar atme ich aus und versuche es erneut: »Rhys, es tut mir leid, was ich da vorhin abgezogen habe. Ich denke, du bist hier, um mich vor die Tür zu setzen. Glaube mir, das ist nicht nötig, ich gehe von allein.« Ich traue mich gar nicht ihn anzublicken, sondern schaue auf den Boden, bis ein paar schwarze Schuhe in mein Blickfeld treten.

»Ich habe nicht die geringste Ahnung, wovon du sprichst, Jaz.« Er hebt mein Kinn mit seinem Zeigefinger an und schaut mich an. Seine Augen sind dunkel und ich sehe Begehren darin, oder bilde ich es mir nur ein? »Bitte mich das nächste Mal, vorher die Tür zu verriegeln, wenn du mich vernaschen willst, ansonsten könnte es wirklich peinlich für uns werden, denn Susan war gerade auf dem Weg zu mir.« Dann beugt er sich vor und flüstert in mein Ohr: »Wir beide sind nicht besonders gut darin, uns an unsere Vorsätze zu halten, kann das sein? Du bist so ganz anders, als jede Frau, die ich bisher gewollt habe, ich habe so viele Dinge mit dir vor, ich will mich nicht mehr zurückhalten. Ich komme, wenn ich dich nur ansehe.« Er zieht mich an sich und küsst mich.

Ich kann es kaum glauben, und wie aus einem Reflex heraus erwidere ich seinen Kuss. Seine Hände sind flink und öffnen den Reißverschluss meines Rocks, der daraufhin zu Boden rutscht. Ich knöpfe schnell meine Bluse auf, damit er sie nicht wieder zerreißt, denn so viele habe ich nicht eingepackt, dass ich eine weitere entsorgen kann. Schon stehe ich nur noch in Dessous vor ihm.

»Leg dich hin«, befiehlt er mir, als er mich in dem schwarzen Hauch von Nichts betrachtet, und ich gehorche ihm. Er kniet sich über mich, zieht sich ebenfalls aus und ich darf ihm nicht dabei helfen. »Leg deine Hände über den Kopf.« Es ist keine Bitte, es ist ein Befehl. Und ich befolge seine Anweisungen nur zu gern. Seine dominante Art erregt mich und mein Gehirn kann nicht mehr denken, ich will nur noch seine Hände auf meinem Körper spüren. Ich weiß, dass dies hier nicht das ist, was ich wirklich von Rhys will, doch mir ist klar, mehr werde ich im Moment nicht bekommen. Also nehme ich das Wenige, was er mir anbietet.

Seine blauen Augen fixieren mich, während die Hände meinen Slip erst über meinen Hintern und dann meine Beine entlang nach unten streifen. Schnell hat er mich von diesem Kleidungsstück befreit und ich liege entblößt vor ihm. Zart fährt er die Linie meiner Hüften nach. Sie sind mit Sicherheit üppiger als das, was er sonst gewohnt ist.

»Du bist einfach zauberhaft, aber weißt du, was mich am meisten erregt? Dass du rasiert bist. So weich und glatt, ich kann es einfach nicht fassen«, stöhnt er und zieht mit seinen Lippen eine Kusslinie an meiner Schamgrenze entlang. Oh Gott, das Gefühl bringt mich um den Verstand, denn seine Bartstoppeln, mögen sie auch noch so kurz sein, kitzeln meine empfindliche Haut. Es ist mehr, als ich ertragen kann und dies ist erst der Anfang.

»Verhütest du?« Die Frage lässt mich einige Sekunden nachdenken, so durcheinander bin ich. Ich nicke: »Ja.«

Mit halb geschlossenen Augen blickt er gebieterisch auf mich herab: »Jaz, ich will dich pur spüren. Ist das möglich?«

Verwirrt nicke ich wieder. »Ja, ich spende regelmäßig Blut und lasse mich halbjährlich untersuchen. Ich habe noch niemals mit einem Mann ohne Schutz geschlafen.«

Er ist mir so nah und der Augenblick ist so intim.

»Ich habe auch noch nie mit einer Frau ohne Schutz geschlafen und bin sauber. Aber ich werde verrückt, wenn ich dich nicht vollkommen spüren kann. Ich bin gesund, vertraust du mir?«

»Ja«, hauche ich. Rhys' Stimme klingt plötzlich sehr heiser. »Ich hätte gute Lust, dich ins Universum zu vögeln, doch ich kann mich kaum noch beherrschen, so sehr will ich dich endlich spüren. Deshalb werde ich dich jetzt ganz vorsichtig nehmen.« Mit diesen Worten stößt er in meine Mitte vor.

Für einen Augenblick habe ich das Gefühl, es würde mich zerreißen, doch schon im Nächsten breitet sich ein köstliches Empfinden der Wärme in mir aus. Ich bin so nass, dass er problemlos tief in mich hineingleitet. Ich will ihn berühren, doch er verbietet es mir. »Nein, bleib so liegen, deine Hände über dem Kopf. So will ich dich.« Mein Oberkörper bäumt sich auf, mein Busen reckt sich ihm entgegen. Rhys nimmt abwechselnd meine Knospen in den Mund, die unter seiner Zunge hart und dunkel werden. Das Gefühl ist einfach köstlich und ich stöhne laut auf.

»Genau so will ich dich, Jaz, nackt und stöhnend unter mir.« Er begräbt mich unter seinem Körper und ich kann mich nicht mehr bewegen. Seine Stöße werden immer heftiger und schneller. Ich spüre den Orgasmus wie eine Brandung auf mich zurasen, versuche die Welle zu stoppen, doch im gleichen Moment zuckt er unkontrolliert und stöhnt laut auf. Ich glaube, dass er meinen Namen raunt, doch ich traue meinen Ohren in diesem Moment nicht. Auch ich kann mich nicht mehr zurückhalten, und stoße einen erlösenden Schrei aus.

Langsam lässt Rhys sich auf mich niedersinken, stützt sich aber mit einer Hand ab, damit ich nicht sein ganzes Gewicht tragen muss, dabei würde ich ihn im Augenblick nicht einmal spüren, so sehr hat mich der Orgasmus noch im Griff und schickt immer wieder kleine Wellen durch meinen Körper.

Rhys atmet schwer an meinem Ohr. »Miss Darling, ich muss sagen, Sie waren jede Sekunde Warten wert.« Er lächelt, doch das Lächeln erreicht seine Augen nicht. Er küsst meine Lippen und ich erwidere seinen Kuss, aber er ist nicht mehr wirklich bei mir, das spüre ich. Als er sich erhebt, wirft er mir mit einer lässigen Bewegung meinen BH zu: »Du kannst dich jetzt anziehen. Ich springe schnell unter die Dusche und bin dann im Fitnessraum, falls etwas Wichtiges ist.«

~

Verzweifelt sitze ich auf dem geschlossenen Toilettendeckel und weine. Bringt mich eigentlich alles an diesem Kerl zum Heulen?

Ich weiß nicht, welche Gefühle ich zuerst zulassen soll. Das Nachschwingen der ungeheuren Befriedigung, die ich eben erfahren habe? Mein Zorn, durch sein abruptes Verschwinden wie eine Nutte zurückgelassen worden zu sein? Meine Trauer darüber, dass er mich wirklich so abfällig behandelt hat, wie ich es die ganze Zeit befürchtet habe? Oder mein Mitleid, weil ich hinter seinem Verhalten und diesen obercoolen Sprüchen seine verletzte Seele zu erblicken meine?

Zum Schluss siegt mein Stolz. Wer ist dieser Mann, der meint, mit mir spielen und mich dann wegzuwerfen zu dürfen, wie ein gebrauchtes Taschentuch?

Ich dusche schnell, um keine Zeit zu haben, das Erlebte wirklich an mich heranzulassen. Das Wasser strömt über meinen Kopf und ich bin für eine Weile taub für diese Welt, ich genieße die Stille in meinem Kopf.

In den ersten Minuten danach denke ich wirklich darüber nach, einfach abzureisen. Doch dann siegt meine Selbstachtung über meine Resignation. So leicht werde ich es ihm nicht machen. Nur ein Feigling bricht alles hinter sich ab und flieht. Den Fehler habe ich in Honolulu gemacht, ich werde ihn hier nicht wiederholen.

Ich spüre noch die Hitze zwischen meinen Beinen, selbst nach der Dusche haftet noch Rhys Geruch an mir. Ich fühle mich wund an, aber genau dieser Schmerz lässt mich die Situation klar sehen: Rhys ist wirklich nicht bereit, Gefühle zu investieren, weil er mehr Angst vor ihnen hat als vor irgendetwas anderem. Nie hat er sich etwas sehnlicher gewünscht als Nähe, nie wird er etwas hartnäckiger und grober abwehren als genau sie. Nun, da hat er die Rechnung ohne den Wirt gemacht. Er wird sich seinem Schmerz stellen müssen, ob er will oder nicht. Es wird Zeit, dass Rhys Cunningham erwachsen wird. Ich habe nämlich nicht vor, ihn aufzugeben. Jetzt erst recht nicht mehr.

Mit einem Duschhandtuch mache ich es mir auf meinem Bett bequem. Ich brauche Informationen, nur so komme ich weiter. Es dauert fast eine halbe Ewigkeit, bis sich endlich die Verbindung nach Europa aufgebaut hat. Dann das erlösende Freizeichen und zum Schluss die verschlafene Stimme meines Bruders: »Jaz, hast du mal auf die Uhr geschaut? Es ist spät, ich habe schon geschlafen. Ist etwas passiert?«, stöhnt er in das Handy.

»Was kannst du mir über Rhys erzählen?«, frage ich ohne eine Begrüßung oder Entschuldigung, ihn mitten in der Nacht gestört zu haben.

Ich höre etwas rascheln und stelle mir vor, wie Alex sich in seinem Bett aufgesetzt hat.

»Sag mir alles, was du über ihn weißt.«

»Ich verstehe deine Frage nicht. Hat das nicht Zeit, bis du wieder in Frankfurt bist?«

»Nein, Alex, hat es nicht. Bitte, es ist sehr wichtig für mich. Was weißt du über ihn?«

Es entsteht eine kurze Pause und ich glaube schon, dass mein Bruder einfach aufgelegt hat, als er sagt:

»Im Grunde nicht viel. Er hat einige Frauengeschichten gehabt, die aber alle nicht lange gehalten haben. Er hat ein Vermögen geerbt, und damit die CuDa Holding aufgebaut, und sich damit ein noch größeres Vermögen erarbeitet.« Dann bleibt die Verbindung wieder stumm.

»Das ist alles, was du über deinen Partner weißt?«, frage ich verblüfft.

»Ja, er ist mein Geschäftspartner, ich bin nicht mit ihm verheiratet. Ich kenne noch seine Lieblingsfarbe und sein Geburtsdatum, das war es aber auch schon.«

»Wann hat er Geburtstag?«

»15. November.«

Skorpion, kommt mir in den Kopf. Passt.

»Jaz, jetzt sag mir endlich, was passiert ist, dass du mich das alles fragst.«

Mir fällt keine Antwort ein, die ich Alex geben könnte.

»Sorry, Alex, dass ich dich gestört habe. Ich wollte es nur wissen.« Bevor mein Bruder weiter bohrende Fragen stellen kann, beende ich das Gespräch.

~

Skorpion – wenn ich je von einem Mann die Finger lassen wollte, dann von einem Skorpion-Mann. Sätze wie: *Er wird von seinen Genitalien beherrscht, ist emotionell, leidenschaftlich und unberechenbar, sein Leben wird von der ruhelosen Suche nach sexuellen Abenteuern bestimmt* sagen doch alles. Ein Skorpion-Mann stellt sich jedem Hindernis. Er ist weder zurückhaltend, noch gibt er sich Mühe, sich zu beherrschen. Frauen reagieren auf seine hypnotische Sinnlichkeit. Au Backe! Er vergisst nie eine Freundlichkeit, verzeiht aber auch nie eine Beleidigung. Wenn er verletzt wird, sinnt er auf Rache, kann auch gewalttätig werden. Weder ist Barmherzigkeit sein Ding, noch der Weg des Kompromisses. Er ist mysteriös und seine Persönlichkeit hat eine geheime und verborgene Seite. In Herzensangelegenheiten lässt er ein *Nein* einfach nicht gelten. Skorpion-Männer können selbstsüchtig sein, wenn es um Liebesdinge geht, hinterlistig und gewissenlos. Er genießt die Jagd, interessiert sich aber nur für Frauen, die auch von anderen begehrt werden. Man kann einen Skorpion wild vor Eifersucht machen, aber nur auf eigene Gefahr. Er ist herrschsüchtig und sich seiner Macht über Frauen bewusst. Na, wer verliebt sich da nicht gerne in einen Mann dieses Sternzeichens? Nur blöd, dass das Herz nicht vorher in einem Handbuch für Hobbyastrologen blättert. Notiz an mich selbst: Werde niemals im Februar schwanger!

Für mich ist die geschundene Seele von Rhys Cunningham so etwas wie eine kleine Babyrobbe, die ich vor dem Tod bewahren will, oder wie ein Delfin, der sich in einem Fangnetz verheddert hat und den ihn unbedingt befreien muss. Ich will ihn retten, es ist mir egal, ob er das auch möchte oder nicht und ob ich dabei untergehe.

Mir ist klar, dass ein Mann wie Rhys niemals sein Herz verlieren wird. Zumindest nicht an eine Frau wie mich. Ich bin nicht die geheimnisvolle Schöne, die von anderen Männern begehrt wird. Nicht exotisch oder undurchschaubar. Ich bin einfach gestrickt. Das, was ich sage, meine ich auch. Ich trage mein Herz auf der Zunge. Zu allem Überfluss bin ich eine Schütze-Frau, die niemals zu einem Skorpion-Mann passen wird. Dabei glaube ich noch nicht einmal an Horoskope. Dass Rhys und ich nicht zusammenpassen, dafür braucht man diesen ganzen Kram eigentlich gar nicht, aber so ganz komme ich von meinen Skorpion-Schütze-Überlegungen einfach nicht los. Sie liefern mir Antworten, wo ich sonst nur in Fragen unterzugehen drohe. Fragwürdige Antworten, aber besser als nichts. Ich bin eine Abenteuerin, habe Fantasie und bin ausgesprochen kreativ. Diese Kreativität wird mir nun dabei helfen, Rhys zu retten. Ob er will oder nicht. Und mich gleich mit.

~

Die Woche zieht sich wie Kaugummi. Rhys geht mir mal wieder aus dem Weg und ich bekomme ihn so gut wie gar nicht zu Gesicht. Wenn es etwas für mich zu erledigen gibt, bekomme ich meine Aufträge von Susan. Die gute alte Susan scheint sein Fels in der Brandung zu sein. Sie bringt mir heute, am Freitag, eine Zusammenstellung der Exponate, die bei der Galerieeröffnung am Samstag in Boston zu sehen sind.

Sie legt die Mappe wortlos auf meinen Tisch und bleibt reglos stehen. Erst als ich fragend aufblicke, sagt sie: »Was haben Sie mit ihm gemacht?«

Verständnislos schaue ich zu ihr auf, weiß nicht, was sie genau mit dieser Frage meint.

»Was haben Sie mit Rhys gemacht? So kenne ich ihn gar nicht«, wiederholt sie. Sie verschränkt die Arme vor der Brust. »Sie haben mit ihm geschlafen, stimmt's?«

Nicht schon wieder, denke ich etwas genervt und muss mich zwingen, keine patzige Antwort zu geben. Haben die denn hier alle keine anderen Sorgen?

»Leugnen Sie es nicht, Jaz. Ich habe beobachtet, wie er sie ansieht. Er geht Ihnen aus dem Weg, nicht wahr? Das ist ein sicheres Zeichen dafür, dass er etwas für Sie empfindet. Ich weiß nicht, was anders an Ihnen ist, aber er hat Gefühle für Sie, die er hinter seiner Maske versteckt.«

Susan geht zur Tür. Bevor sie hinausgeht, dreht sie sich noch einmal um und sagt: »Reißen Sie ihm diese

Maske runter, Jaz. Sie sind die Einzige, die es kann.«
Dann ist sie verschwunden.

Trage ich einen für mich unsichtbaren Stempel, der in regelmäßigen Abständen Blinksignale mit der Aufschrift *Geliebte von Rhys Cunningham* von sich gibt?

Dieser Gedanke beschäftigt mich, als ich mit dem Fahrstuhl meinem Feierabend entgegenfahre. Das Erste, was ich sehe, als ich meine Wohnung betrete, ist der große Karton auf dem Küchentresen. Eine Karte steckt in der himmelblauen Schleife: *Trage es morgen Abend, R.*

Ich ahne, was in der Schachtel ist, nehme sie mit ins Schlafzimmer und öffne den Deckel. Dort liegt ein wunderschönes Cocktailkleid aus nachtblauer Seide. Wenn wundert die Farbe? Und hört dieser Mann denn gar nicht zu? Ich schnappe mir das Kleid und stiefele in seine Wohnung hinüber.

12

Eigentlich will ich nur das Kleid auf seinen Tresen knallen, doch er steht in der offenen Küche und trinkt aus einer Flasche Multivitaminsaft. Ich halte in der Bewegung inne, als er mich ertappt.

»Dafür, dass ich deine Wohnung nicht ohne deine Erlaubnis betreten darf, betrittst du meine ziemlich oft ohne Erlaubnis.« Bedächtig nimmt er einen weiteren Schluck und dreht dann die Flasche zu.

»Das hier ist Einladung genug.« Ich halte ihm das Kleid entgegen. »Ich weiß nicht, was du nicht verstanden hast, als ich sagte, dass ich meine Kleidung selbst bezahle.«

Einen Moment blickt er auf das Kleid in meiner Hand, dann schaut er mich mit hochgezogenen Augenbrauen an. »Ich dachte, das hätten wir geklärt.«

»Scheinbar nicht.« Sein arroganter Ton macht mich wütend.

Er stellt die Flasche wieder in den Kühlschrank. »Zieh es an.«

»Was?«

»Ich möchte, dass du das Kleid anziehst, das ich für dich gekauft habe.«

Irritiert blicke ich ihn an. »Du hast das Kleid gekauft?«

So ganz kann ich seinen Worten keinen Glauben schenken.

»Ja, ich habe es heute persönlich für dich gekauft. Zieh es an.«

»Warum?«

»Weil ich wissen will, wie du darin aussiehst.«

»Reicht es nicht, wenn du es morgen Abend siehst?«

»Zieh es an.«

Ich schaue zur Badezimmertür.

»Zieh es hier an.«

Seine Augen blicken drohend und der arrogante Ton, tut sein Übriges dazu. Ohne meinen Blick von ihm zu nehmen, ziehe ich mein Shirt über den Kopf, schlüpfe aus den Schuhen und öffne meine Jeans. Langsam schäle ich mich aus der Hose. Dass ich jetzt schon wieder nur in Dessous vor ihm stehe, blende ich einfach aus. Es gibt nichts, was er nicht schon gesehen hat. Schnell ziehe ich das Kleid über.

»Es steht dir.« Langsam schlendert er auf mich zu. »Zieh dich aus.« Er trägt noch seine Anzughose und ein weißes Hemd. Die Krawatte, die er normalerweise trägt, hat er bereits abgelegt.

Ich ignoriere seinen Kommandoton, lege das Kleid ab und will in meine Jeans steigen, als er die Hand hebt. »Ich sagte: Zieh dich aus.«

Sein Blick ist weiter durchdringend auf mich gerichtet. Er ist frisch rasiert und ich rieche sein Duschgel. Seine

Augen fixieren mich. *Na gut, mein Lieber, wenn du es brauchst*, denke ich und gehorche ihm. Langsam öffne ich den Verschluss meines BHs und streife aufreizend langsam mein Höschen ab. »Normalerweise zieht ein Mann die Frau aus, die er begehrt«, wispere ich leise.

»Ich schaue dir lieber dabei zu«, murmelt er und geht in die Hocke, um mein Höschen aufzuheben. Er lässt seine Finger darübergleiten und steckt es dann in seine Hosentasche, wo es wohl auf Nimmerwiedersehen verschwindet. Ich muss mir etwas Reserve besorgen, wenn das hier so weitergeht.

Aus der anderen Hosentasche zieht er eine schwarze Schlafmaske. Was sich wohl noch alles in seinen Taschen befinden mag?

»Ich will, dass du sie trägst.« Seine Stimme ist ganz dunkel vor Verlangen.

Mit hochgezogenen Augenbrauen schaue ich ihn an. »Warum?«

Ein verflucht verführerisches Lächeln huscht über sein Gesicht. »Es wird intensiver, wenn man nur hören und fühlen kann. Schließ deine Augen.«

Ich gehorche ihm und er zieht die Maske über meinen Kopf. Plötzlich ist alles Schwarz und ich muss mich auf meine anderen Sinne verlassen.

Rhys fährt mit seiner Zunge über meinen Hals, hinterlässt dort etwas Feuchtigkeit, über die er sachte pustet, was mir eine Gänsehaut beschert. Die Spur seiner

Zunge wandert immer tiefer, seine Hände gleiten hinab, von meinen Hüften hinunter zu meinen Oberschenkeln, die er geschickt spreizt. »Du bist so schön, ich kann es nicht fassen. Und du gehörst allein mir, hörst du, ganz allein mir.« Rhys murmelt diese Worte an meiner Haut. »Sag es mir, sag, dass du nur mir gehörst. Ich will es aus deinem Mund hören, Jaz.«

Ich weiß, dass er mich ansieht, auch wenn hinter meinen Lidern alles schwarz ist, ich weiß es ganz bestimmt. »Ich gehöre nur dir, Rhys!« Meine Stimme ist leise, aber fest und in diesem Moment stimmt es. Ich will ganz allein ihm gehören.

Dann fällt mir ein, was ich über die Skorpion-Männer gelesen habe: Er interessiert sich nur für Frauen, die auch von anderen begehrt werden.

Ich sollte die Maske von meinem Gesicht reißen, ihm sagen, dass ich nicht die Frau bin, die er zu suchen scheint. Aber ich kann es nicht. Dieser Reiz des Unbekannten macht mich an und ich will sehen, wohin es mich führt, wohin es uns beide führt.

Er steht immer noch hinter mir, ich spüre seinen Atem, der über meinen Hals kitzelt, ohne dass er mich berührt. Ich stehe ganz still. Etwas Weiches legt sich um meinen Hals, hauchfein, es duftet sehr angenehm. Ich rieche Rhys, ich rieche *Blue de Chanel*. Meine Hand will an meinen Hals fassen, doch seine nur mühsam beherrschte Stimme lässt mich innehalten.

»Halt still, beweg dich nicht.« Dann etwas zärtlicher: »Bleib genauso stehen, ich will dieses Bild in mein Gedächtnis brennen.«

Vermutlich ist es ein Chiffonschal, der sich an meinen Hals schmiegt, und ich würde ein Monatsgehalt verwetten, dass er die Farbe Blau trägt. Zu allererst spüre ich seine Hände meinen Rücken hinunterfahren, dann legen sie sich unter meine Knie. Er nimmt mich auf die Arme und trägt mich die Treppe hinauf in das Obergeschoss. Dabei kommt er noch nicht einmal ins Schnaufen. Auf etwas Weichem setzt er mich ab, ich denke, es ist ein Bett.

»Weißt du, wo wir uns befinden?«

Seine Stimme kommt von der Tür, die er schließt, ich höre das Klicken des Schlosses.

»Dein Schlafzimmer?«

»Woran machst du das fest? Konzentriere dich.« Seine Stimme kommt näher.

»Es liegt ein herber Duft in der Luft, es riecht nach dir.«

»Du hast eine feine Nase«, lobt er mich.

»Nur, wenn es um deinen Duft geht«, erwidere ich und lächele.

»Zieh mich aus.« Seine Stimme ist nun ganz nah, er steht direkt vor mir.

Zögerlich strecke ich die Hände aus, nachdem ich mich erhoben habe, und meine Finger treffen augenblicklich auf Stoff. Vorsichtig taste ich mich vor und finde die Knopfleiste an seinem Hemd. Obwohl ich sowieso nichts sehen kann, schließe ich meine Augen und meine Finger öffnen geschickt einen Knopf nach dem anderen. Ich ziehe das Hemd aus seiner Hose, und als alle Knöpfe offen sind, lasse ich es von seinen Schultern gleiten. Danach greife ich zu seinem Gürtel. Die Schließe liegt schwerfällig in meiner Hand. Knopf und Reißverschluss folgen. Durch den schweren Gürtel fällt die Hose wie von selbst zu Boden. Ich höre, wie er geräuschvoll einatmet. Er ist erregt, ich weiß es, ohne es zu sehen oder zu fühlen, und seine Reaktion auf mich bereitet mir große Freude. Rhys ist bei Weitem nicht so distanziert, wie er mich glauben lassen will.

Als er aus seiner Hose steigt, kommt er mir noch näher. Seine Beine berühren mich. Dass ich vollkommen nackt vor ihm stehe und er mich sehen kann, ich ihn aber nicht, ist mir völlig egal. Auch habe ich keine Zeit darüber nachzudenken, denn Rhys packt meine Hände und führt sie zu seinen Hüften.

»Nur noch die Shorts, die Strümpfe habe ich bereits ausgezogen.« Seine Stimme zittert schwach, was es mir leicht macht, denn das gibt ihm etwas Menschliches und lässt ihn nicht ganz so unnahbar erscheinen.

Ganz langsam schiebe ich seine Shorts über sein Becken nach unten und gehe dabei in die Hocke, fahre mit meinen Händen seine Waden hinunter, und als er die Hose abgestreift hat, wieder hinauf. Seine Hand versperrt mir den Weg. Leicht fahre ich sie entlang und ertaste, was mir dort aufrecht entgegenragt. Ich lasse mich auf meine Knie herab und streichle über die weiche glatte Haut. Sein Geschlecht fühlt sich samtig in meiner Hand an, ich muss ihn einfach berühren. Rhys stöhnt leise, was ich zum Anlass nehme, um mutiger zu werden. Meine Lippen schließen sich um die samtartige Haut und saugen erst zaghaft, und als er erneut tief einatmet, genussvoller an seiner Männlichkeit, leicht reize ich ihn mit meinen Zähnen.

»Du muss das nicht tun«, stöhnt Rhys, doch in seiner Stimme schwingt ein Unterton mit, der genau das Gegenteil vermittelt.

»Ich will es aber. Ich will dich schmecken, dich genießen und dir Freude bereiten.«

Er greift nach meinem Hinterkopf und lässt seine Finger durch mein Haar fahren. »Oh Gott, Jaz«, stöhnt er laut auf, »du bringst mich um den Verstand.«

Ich muss lächeln. »Das ist genau mein Vorhaben«, flüstere ich leise und sauge weiter.

Ich liebe die Laute, die Rhys von sich gibt und sie spornen mich an, ihn immer kühner zu verwöhnen. Ich nehme ihn ganz in meinem Mund auf, was äußerst schwierig ist, da seine Erregung zu riesigen Ausmaßen angewachsen ist. Er schmeckt salzig, aber unverwechselbar nach Rhys.

Abrupt hält er plötzlich meinen Kopf fest. »Nicht, sonst komme ich gleich schon und das will ich in dir.« Vorsichtig zieht er mich an den Armen zu sich herauf und küsst meinen Mund. Seine Zunge ist besitzergreifend und er schmeckt sich selbst auf meinen Lippen. An meinen Schultern dreht er mich und sagt: »Knie dich aufs Bett.«

Ich gehorche wie ein williges Lamm, lasse mich auf die Knie nieder, der weiche Untergrund gibt ein bisschen nach. »Beug dich vor.«

Nachdem ich mich auf meinen Unterarmen abstütze, streichelt er mit den Fingerspitzen über meinen Hintern und fährt über meine Schamlippen, die feucht und geschwollen sind. Er reizt mich dermaßen, dass ich nur noch laut stöhnen kann. Ich kann es nicht mehr abwarten, dass er endlich in mich eindringt.

»Bitte, Rhys, nimm mich jetzt. Ich halte es nicht mehr lange aus«, flehe ich mit hoher Stimme.

Er lacht und streichelt mich zärtlich weiter. »Noch nicht, ich bin noch nicht fertig mit dir.« Dann schiebt er seinen Finger in mich hinein, und als ich einen wimmernden Ton von mir gebe, folgt ein Zweiter. Er stimuliert mich, bis ich schreie. Meine Lust schießt ins Unerträgliche und ich beiße mir auf die Lippe, bis ich Blut schmecke, sonst wäre das alles für mich zu viel. Laut atme ich, als er endlich seine Finger durch seinen heiß glühenden Schaft ersetzt. Als er endlich mit einem festen Stoß in mich eindringt, ist es fast wie eine Erlösung. Hart ist sein Rhythmus, dem ich mich nur zu gerne anpasse. Er hält mich an den Hüften, damit ich nicht wegrutsche und um die Kraft seiner Stöße abzufangen. Sein Keuchen wird lauter und ich merke, wie die Welle mich erfasst und gleichzeitig über ihn hinwegschwappt. Ich schreie, als ich komme, werde aber von Rhys übertönt.

Als der Orgasmus abschwillt, lässt er sich auf das Bett fallen und zieht mich in seine Arme. Ich zerfließe, bin völlig kraftlos. Mit einer Bewegung löst er die Maske von meinem Gesicht. Der Raum liegt im Dunkeln, doch die Lichter der Stadt scheinen durch das Fenster. Ich blinzle kurz, um meine Augen an das spärliche Licht zu gewöhnen, denn hinter der Maske herrschte tiefste Finsternis. Rhys deckt uns mit einem leichten Laken zu. Diese Geste hat so etwas Intimes und Liebevolles, sie berührt mich weit mehr als das, was wir gerade getrieben haben.

»Erstklassige Vorstellung, Darling«, atmet er schwer und küsst mich hingebungsvoll auf den Mund.

13

Mitten in der Nacht erwache ich, weil ich Durst habe. Zuerst weiß ich nicht genau, wo ich mich befinde, doch als ich den schlafenden Rhys neben mir liegen sehe, kehren meine Erinnerungen an diesen alles mitreißenden Orgasmus zurück.

Allein der Gedanke an Rhys lässt mein Herz vor Liebe überlaufen. Ein erschreckender Gedanke macht sich in mir breit. Nein, mit Liebe, hat das nichts zu tun. Verlangen, ja. Begierde, natürlich. Aber Liebe?

Ich schließe für einen Moment die Augen und überlege, wie viele Frauen wohl schon hier mitten in der Nacht aufgewacht sind und ihn beim Schlafen beobachtet haben. Ich blicke zum Fenster, wo immer noch die Lichter der Großstadt zu sehen sind, diese Stadt schläft wirklich nie.

»Keine Einzige«, murmelt Rhys. Im ersten Moment denke ich, dass er im Schlaf spricht, doch dann sehe ich, dass er wach ist. »Du hast dich doch sicher gefragt, mit wie vielen Frauen ich hier schon geschlafen habe – meine Antwort darauf: Du bist die Erste.«

Ohne etwas zu erwidern, fahre ich die Linie seines Kinns nach und kann nicht anders, als ihn anzulächeln. Insgeheim wünsche ich mir, dass dies so bleiben wird, doch ich weiß, wie utopisch dieser Wunsch ist. »Nicht einmal Melissa?«, frage ich, um überhaupt etwas zu sagen.

»Weder Melissa noch sonst eine andere Frau.«

Ich kann nicht anders und küsse ihn. Dann will ich aufstehen, doch er hält mich fest. »Wo willst du hin?«

»Ich hole uns etwas zu trinken.«

»Warte, bleib liegen, ich erledige das.« Geschmeidig steigt er aus dem Bett und läuft ins Erdgeschoss. Kurz darauf kehrt er mit zwei Gläsern Wasser zurück. Ich leere meines in einem Zug. Dass ich so durstig bin, war mir vorher gar nicht bewusst. Rhys legt sich wieder zu mir ins Bett und ich weiß nicht so richtig, wohin mit mir. Ich denke an seine erbärmlich hilflosen Regeln. Er würde niemals neben mir aufwachen, hatte er gesagt. Vielleicht sollte ich jetzt also besser gehen. Etwas verlegen schaue ich mich nach meiner Kleidung um und Rhys beobachtet mich mit wachem Blick.

»Was ist los?«, fragt er und beugt sich vor, um meinen Busen zu küssen.

»Ich denke, ich sollte lieber gehen.«

»Warum?«, fragt er und ist abgelenkt, als er eine Brustspitze in den Mund nimmt und daran knabbert.

Das Gefühl wirft mich total aus der Bahn und ich lasse mich zurück in die Kissen fallen. »Deine Regel«, stöhne ich. Seine Zunge raubt mir die Konzentrationsfähigkeit, ich habe Probleme damit mich zu erinnern, was ich sagen will. »Du wirst niemals neben mir aufwachen.«

Rhys hebt den Kopf und überlegt einen Augenblick. »Hast du nicht versprochen, dass du meine Regeln brechen wirst?« Als ich nichts dazu sage, meint er: »Bleib heute Nacht bei mir, damit ich gut schlafen kann.«

Seine Bitte zaubert wieder das Bild eines kleinen Jungen vor meine Augen. Wie könnte ich ihm diesen Wunsch abschlagen? Ich ziehe seinen Kopf zu mir herunter und küsse ihn. Ich liebe es, ihn zu küssen, seine weichen Lippen auf meinen zu spüren.

Er zieht leicht an dem Chiffonschal, den ich immer noch um meinen Hals trage. Im fahlen Licht der Nacht erkenne ich, dass er hellblau ist, wer hätte das vermutet. Langsam löst er ihn von meinem Hals und legt ihn mir um meine Handgelenke.

»Streck deine Arme über den Kopf«, flüstert er. Nicht befehlend, sondern eher bittend, sodass ich ihm gerne Folge leiste. Rhys fesselt meine Hände an das Kopfteil des Bettes. Nicht zu fest, aber stramm genug, dass sie nur noch einen geringen Spielraum haben. Ich hoffe, dass er mir nicht wieder die Augen verbindet, denn ich möchte ihn beobachten können. Sein starker männlicher Körper ist für mich ein Aphrodisiakum, er macht mich ungemein an. Rhys wirft die Bettdecken zu Boden, so liege ich nackt und gefesselt vor ihm. Er ist bereits wieder so erregt, dass seine Männlichkeit mir steif entgegenragt. Ich würde ihn gerne berühren, doch das ist in meiner momentanen Position nicht möglich. Nichts ist mir im Moment möglich, als nur ausgeliefert auf dem Bett zu liegen.

Rhys kniet zwischen meinen Beinen und blickt auf mich herunter. War mir dieser Blick vor wenigen Stunden noch unangenehm, so genieße ich ihn jetzt.

»Wie ich dich begehre!«, sagt er und fährt mit den Fingerspitzen die Innenseiten meiner Schenkel entlang. »Ich kann Alex gut verstehen, dass er ein Auge auf dich hat.«

Die Erwähnung meines Bruders lockt nur noch ein träges Lächeln auf meine Lippen.

»Weißt du, dass ich nicht genug von dir bekommen kann, Jaz? Sobald mein Schwanz dich verlässt, fühle ich eine innere Leere in mir, die ich sofort wieder stillen will. Was machst du mit mir, Darling?«, fragte er, schiebt sich über meinen Körper und küsst meinen Mund hart und fordernd. Da ich meine Hände nicht benutzten kann, schlinge ich meine Beine um ihn, um Rhys nah zu sein. Ganz nah.

Während er mich wild küsst, dringt er hart in mich ein und ich stoße erschrocken einen Schrei aus. Er stößt weiter kraftvoll zu und fragt keuchend: »Was ist los?«

»Du bist so riesig, ich habe das Gefühl, als würdest du mich zerreißen.«

»Glaube mir, ich fühle den Schmerz genauso wie du, mein Schatz. Er zeigt uns, wie lebendig wir sind«, keucht er und umschließt mit seinen Lippen meine harte Brustwarze. Ich spüre seine Zähne, die leicht daran ziehen und stöhne laut auf. Ich könnte sterben vor Lust und würde dennoch nach mehr schreien, diese Empfindung geht weit über alles hinaus, was ich je mit einem Mann erlebt habe. Es trifft mich wie ein 100.000 Volt Schlag. Ja, es ist unverkennbar Liebe, die ich für Rhys empfinde. Kein kleines Verliebtsein, keine sexuelle Abhängigkeit. Tiefe, hingebungsvolle, echte Liebe. Und eine zweite Erkenntnis trifft mich – ich habe Angst. Rhys ist ein einnehmender Mann und ich muss aufpassen, dass er mich nicht mit Haut und Haaren verschlingt, bis nichts mehr von mir übrig bleibt.

~

Am frühen Morgen erwache ich in Rhys' Armen und sehe, dass er mich beim Schlafen beobachtet hat. Seine Augen sind unergründlich auf mich gerichtet und ich weiß nicht, wie ich mich fühlen soll. Der Chiffonschal hängt noch am Bettgestell und erinnert mich an die letzte Nacht.

»Guten Morgen«, sagt er und küsst mich auf die Schläfe. Eine einfache, doch zärtliche Geste. »Ich liebe es, dich beim Aufwachen zu beobachten. Mrs Connor wird deine Sachen in mein Schlafzimmer räumen.«

Überrascht über diese Äußerung frage ich: »Wer ist Mrs Connor?«

»Sie ist die Putzfrau und kommt dreimal die Woche, um sich um alles zu kümmern.«

Ich bin noch zu benommen, um über die Tragweite seines Satzes nachzudenken.

»Lass uns zusammen frühstücken, ich habe in einer Stunde ein Meeting.«

»Rhys, ich möchte ...«, ich zögere, weil ich nicht weiß, wie ich mein Anliegen in Worte fassen soll. »Ich meine, bist du dir sicher, dass ich hier einziehen soll? Vielleicht sollte ich nur ein paar Sachen selbst hierher bringen.«

Er schaut mich mürrisch an. »Dafür gibt es Personal«, dann verschwindet er ins Bad.

Doch damit kann ich mich nicht einfach zufriedengeben. Meine Welt scheint vollkommen auf den Kopf gestellt. Rhys' Wunsch steht im Gegensatz zu dem, was er damals alles an Regeln vorgegeben hat. Ich muss das klären, und zwar sofort.

Ich ziehe sein Hemd über, da meine Kleidung unten in der Küche verteilt liegt, und gehe ins Bad. Rhys steht vor dem Waschbecken und rasiert sich. Der weiße Schaum in seinem Gesicht ist durchzogen von seinen Bartstoppeln. Er sieht mich fragend an, hält aber in seiner Bewegung nicht inne.

»Warum, Rhys? Warum möchtest du, dass ich meine Sachen in deine Wohnung bringe?« Ich versuche neutral zu klingen.

Er schaut mich nur kurz an. »Damit du etwas zum Anziehen hast, wenn du neben mir aufwachst.« Sein Blick richtet sich wieder auf den Spiegel und ich schaue fasziniert auf das Muskelspiel seines Arms, wenn er ihn anspannt, um den Rasierer zu führen.

»Hältst du das für eine gute Idee?«

»Für eine verdammt gut, Darling. Wenn du neben mir liegst, schlafe ich ausgezeichnet, so gut, wie seit Jahren nicht mehr.« Er lächelt mich im Spiegel an.

»Aber du hast gesagt, dass du ...«

»Das war vor deiner Zeit, jetzt ist alles anders. Ich möchte, dass jeder weiß, dass wir beide zusammengehören.«

So, tun wir das? Nun, ich kenne zumindest eine Person, die auf diese Nachricht nicht mit Applaus reagieren wird.

Rhys ist fertig mit seiner Rasur und wischt sich den Rest des Rasierschaums mit einem Handtuch ab. »Was hältst du von dieser Idee? Sorry, ich bin manchmal etwas impulsiv und voreilig, vielleicht sollte ich dich erst einmal fragen, ob du hier einziehen möchtest.«

Er steht vor mir und streichelt meine Hand. »Ich kann dir im Moment nicht erklären, was das hier zwischen uns ist, ich weiß nur, dass ich dich bei mir haben will. Nicht nur in meinem Bett.«

»Aber ich wohne ja praktisch mit dir zusammen, so Tür an Tür.«

»Ich will dich jeden Tag so nah bei mir wie möglich.«

Ich weiß nicht, wie ich Luft hole, doch es passiert.

»Und es hat nichts damit zu tun, dass ich mich für heute verabredet habe?«

Sofort tritt ein Schatten auf Rhys' Gesicht. »Nein, es hat ganz sicher nichts damit zu tun.«

»Das Angebot steht noch, du könntest mich begleiten.«

»Tut mir leid, ich habe selbst ein Meeting.«

Ich sehe ihm an, dass ihm das überhaupt nicht passt.

~

Der Diner liegt in einem Viertel von Brooklyn, das Rhys unter normalen Umständen meidet, doch wenn es sich um ein Treffen mit Walter handelt, ist Vorsicht geboten und er trifft sich lieber an Stellen, wo man nicht so genau in die Gesichter der Menschen sieht.

Walter sitzt bereits an einem Tisch und wartet auf seinen Auftraggeber, mit der bekannten stoischen Ruhe.

»Walter«, grüßt Rhys knapp und setzt sich zu ihm an den Tisch. Bei der Bedienung bestellt er per Fingerzeig zwei Tassen Kaffee.

»Mr Cunningham, schön Sie zu sehen.«

Rhys weiß nicht einmal, ob Walter der Vor- oder Nachname ist, aber er weiß, dass auf ihn hundertprozentig Verlass ist. Er hat bereits einige Aufträge zu seiner vollsten Zufriedenheit erledigt und Rhys geht davon aus, dass es auch diesmal so sein wird.

»Haben Sie das Dossier?«

Walter schiebt Rhys einen braunen Umschlag über den Tisch. »Alles aufgelistet. Sie hatte eine Affäre mit einem ihrer Professoren an der Uni. Als diese aufflog, wurde ihr nahegelegt, zu kündigen.«

Irritiert hebt Rhys eine Augenbraue. »Als Studentin?«

»Nein, die Affäre begann erst, als sie ihr Studium beendet hatte und als wissenschaftliche Assistentin ihres Professors dort eine Anstellung bekam. Sie ist dann Hals über Kopf nach Deutschland abgehauen.«

»Dieser Professor, wie alt ist er?«

Walter hebt unsicher die Schultern. »Ich schätze Ende vierzig.«

»Haben Sie ein Bild von ihm beigefügt?«

Walter schüttelt den Kopf. »Nein, der Auftrag bezog sich nur auf Miss Darling.«

Rhys nickt. »Gut, dann fertigen Sie ein weiteres Dossier über diesen Professor an. Graben Sie alles aus, was Sie finden können, und Walter, graben Sie tief. Miss Darling wird übrigens in einer Stunde mit meinem Chauffeur das CuDa-Building verlassen und ich möchte, dass Sie sie observieren und mir sofort berichten, wohin sie fährt und vor allem, mit wem sie sich trifft.«

~

Wir sitzen im Central Park und lassen uns die Sonne ins Gesicht scheinen. Da ich noch nicht viel von New York kenne, habe ich Matt beauftragt, uns dorthin zu fahren, nachdem ich Elijah im Kinderheim abgeholt habe. Der Junge sitzt auf einer Bank neben mir und schleckt genussvoll sein Eis. Ab und an schaut er mich an und grinst. Er trägt eine saubere Jeans und ein neues Shirt, das er extra für diesen Tag bekommen hat, erzählt er mir. Äußerst beflissen versucht er keine Flecken darauf zu hinterlassen.

»Es ist schön hier«, sagt er und seine Augen strahlen, als wir die Enten auf dem See beobachten. »Ich war noch nie hier.«

»Ich auch nicht, ich bin erst seit Kurzem in der Stadt.«

»Wirklich? Wo hast du denn vorher gewohnt, Jaz?«, fragt er neugierig.

»Ich komme aus Deutschland, aber ich habe einige Jahre auf Hawaii gelebt.«

»Wow, Hawaii, da möchte ich auch mal hin. Und warum bist du jetzt in New York?«

Hm, gute Frage. »Ich arbeite für einen Mann, der hier in New York sein Büro hat.«

Elijah nickt. »Ja, ich weiß, das ist der Mann, der mein Essen bezahlt. Schwester Gabrielle hat es mir erzählt. Ist er ein guter Boss?«

»Mr Cunningham? Hm, ich arbeite noch nicht lange für ihn, aber ich glaube, dass er ein guter Mensch ist.«

»Und du magst ihn.«

»Woher willst du das wissen?«

»Deine Augen funkeln, wenn du über ihn sprichst.«

Ich muss lächeln. Dieser kleine Bursche ist ebenfalls ein stiller Beobachter. Noch einer, der mir das Leben schwer macht. Bin ich wirklich so leicht zu durchschauen? Das wird mir langsam unheimlich. Ich sollte dringend daran arbeiten, meine Gefühle besser zu verbergen.

»Ja, ich mag ihn. Würdest du ihn gerne einmal kennenlernen?«

Elijahs Augen werden groß. »Du meinst, dass dein Boss mich auch einmal besuchen kommt?« Die Hoffnung, die in seiner Stimme mitschwingt, bricht mir fast das Herz. Ich möchte ihn nicht enttäuschen, weiß aber nicht, ob mein Einfluss auf Rhys ausreicht.

»Komm, wir müssen zurück.« Wir verlassen die Bank und spazieren langsam dem Ausgang entgegen. »Ich habe in der nächsten Woche einige Termine, aber wenn ich es einrichten kann, werde ich dich wieder besuchen und versuchen, dass Mr Cunningham mich begleitet.«

Mittlerweile hat Elijah sein Eis aufgegessen und schiebt seine klebrige Hand in meine.

»Versprochen?«, fragt er nach einigen Sekunden.

»Versprochen«, nicke ich und mein Gesicht wirkt zuversichtlicher, als ich es bin. Zumindest was die

Sache mit Rhys betrifft. Eine Stunde später bringe ich Elijah ins Kinderheim zurück und er ist total begeistert, in einem so *coolen* Auto zu fahren, wie er es nennt. Ich bringe es kaum über mich, ihn dort zurückzulassen. Doch Elijah ist ganz aufgeregt und erzählt Schwester Gabrielle alles über unseren kleinen Ausflug. Als ich mich verabschiede, sehe ich in ihre sanften Augen und erkenne die Dankbarkeit darin, die ich gar nicht verdient habe. Ich verspreche Elijah ihn anzurufen, sobald ich weiß, wann ich ihn wieder besuche, dann mache ich mich schnell aus dem Staub.

~

Als ich mein Appartement betrete, suche ich vergeblich meine Kleidung und auch sonst sieht es verlassen aus. Meine Sachen finde ich schließlich in Rhys' begehbaren Kleiderschrank wieder. Mir gefällt es nicht, dass jemand einfach meine persönlichen Gegenstände angefasst hat, aber nun ist es zu spät, sich darüber zu beschweren. Mrs Connor hat nur ausgeführt, worum Rhys sie gebeten hat. Wie ich ihn kenne, hat er es wohl eher befohlen.

Ich packe nur eine kleine Reisetasche für den Trip nach Boston, das Abendkleid bekommt einen Kleidersack. Etwas mehr Wechselwäsche, falls Rhys wieder auf die Idee kommt, mir meine vom Leib zu reißen.

Ich höre unten die Tür ins Schloss fallen, als ich mein leichtes Gepäck aus dem Schlafzimmer trage.

»Lass die Tasche stehen, Matt wird sie gleich abholen«, ruft er mir entgegen, kommt die Treppe hochgelaufen und küsst mich zügellos. »Ich habe dich vermisst«, flüstert er zwischen zwei Küssen.

»Ich dich auch«, kann ich nur atemlos erwidern.

Unter uns öffnet sich die Tür und ich sehe Matt aus dem Augenwinkel die Treppe heraufkommen. Schnell mache ich mich los, mir ist es peinlich, dass er uns küssend auf der Treppe erwischt hat. Doch eine Reaktion seinerseits bleibt aus. Er ist ganz der diskrete Angestellte, den Rhys erwartet. Das ändert aber nichts daran, dass ich mich unwohl fühle.

»Können wir?«, fragt Rhys und beäugt mich misstrauisch.

»Klar.« Ich lächele tapfer und hole schnell meine Handtasche. Der Wagen bringt uns zum Flugplatz und wir steigen in den Privatjet. Ein Steward geleitet uns zu den Plätzen, und während wir auf die Startfreigabe warten, schenkt er uns zwei Gläser Champagner ein. Ich sitze diesmal neben Rhys, der meine Hand hält, was mir ein ständiges Kribbeln auf meiner Haut beschert.

»Wie war dein Meeting?«, frage ich, um die Stille zu durchbrechen, die uns umgibt.

»Kurz und unbefriedigend. Wie war deine Verabredung?«

Ich versteife mich merklich. Rhys lässt meine Hand los und trinkt einen Schluck Champagner, dabei schaut er mich tiefgründig an, als warte er auf eine ausführliche Erklärung. Ziemlich verunsichert meide ich seinen Blick und schaue aus dem Fenster. Hat Matt ihm womöglich erzählt, was ich am Vormittag getrieben habe? Mein Gott, es hört sich an, als hätte ich ihn mit einem anderen Mann betrogen. Genau genommen habe ich das auch, aber mein Date war erst zehn. Ich nehme all meinen Mut zusammen und atme hörbar aus.

»Es war sehr amüsant. Du hättest mich begleiten sollen«, sage ich heiter und lache in an.

»Du meinst zu einer Verabredung mit einem Zehnjährigen?«

Er weiß Bescheid. Matt, du fiese kleine Ratte, das wirst du mir büßen. Ich habe gute Lust, zum Telefon zu greifen und ihn hier und jetzt zur Schnecke zu machen, doch ich halte meinen Zorn im Zaum. Stattdessen nicke ich. »Ja, Elijah ist sehr amüsant, ein toller Kerl.«

Rhys hebt eine Augenbraue und hat den gleichen Ausdruck im Gesicht wie Elijah. Plötzlich kommt mir ein verwegener Gedanke.

»Er ist nicht zufällig dein Sohn?«

14

Der Schock der plötzlichen Erkenntnis sitzt tief. Warum ist mir das nicht eher aufgefallen? Zwar hat Elijah strohblondes Haar, doch die gebräunte Haut, die blauen Augen und dieses Lächeln sind ein eindeutiges Indiz für Rhys' Gene.

Als ich ihn fragend anblicke, löst er seinen Sicherheitsgurt, den wir bereits anlegen mussten, weil der Start kurz bevorsteht.

»Mr Cunningham, ich muss Sie bitten, Platz zu behalten, wir haben gerade die Startfreigabe bekommen. Es ist nur zu Ihrer Sicherheit.« Der Steward eilt auf Rhys zu und versperrt ihm den Weg.

Ich sehe, wie Rhys' Gesichtsmuskeln arbeiten und habe Angst, er würde dem Steward einen Kinnhaken verpassen. Sein Blick ist der eines gehetzten Tieres, das in die Enge getrieben wird. Doch dann siegt die Vernunft, er fährt sich mit der rechten Hand durch das Haar und nimmt mir gegenüber Platz, schließt den Sicherheitsgurt.

Ich lasse ihn keinen Moment aus den Augen, verfolge jede seiner Bewegungen. Während des Starts werde ich in den Sitz gedrückt und mein Herz rutscht mir in den Magen. Erst als wir unsere Flughöhe erreicht haben und die Anschnallhinweise erloschen sind, kann ich mich etwas entspannen. Jetzt finde ich auch meine Sprache wieder.

»Liege ich mit meiner Vermutung falsch?«, frage ich Rhys, der mich ebenfalls die ganze Zeit über fixiert hat.

»Ich kann es dir nicht sagen«, presst er durch schmale Lippen hervor.

»Warum nicht?«

Er macht eine entschuldigende Handbewegung. »Weil ich es nicht weiß.«

»Warum nicht?«, frage ich zum zweiten Mal.

»Das ist eine lange Geschichte.«

Ich schaue auf meine Armbanduhr. »Ich habe in den nächsten Stunden nichts vor.«

Rhys blickt aus dem Fenster auf die weißen Wolken unter uns, er ist plötzlich mit seinen Gedanken ganz woanders, seinem Gesichtsausdruck nach zu deuten.

»Ich habe Cindy vor elf Jahren kennengelernt. Wir hatten eine kurze Affäre, so wie bei all meinen Beziehungen. Irgendwann schrieb sie mir in einem Brief, dass sie schwanger von mir wäre, dies aber geheim halten würde, weil sie gerade dabei wäre zu heiraten. Danach habe ich erst wieder von ihr gehört, als ich erfuhr, dass ihre ganze Familie bei einem Hausbrand ums Leben gekommen ist, bis auf Elijah. Es gab keine weiteren Angehörigen, daher kam er in ein Heim. Ich habe dafür gesorgt, dass er im St. Francis aufgenommen wurde, weil ich wusste, dass er dort gut versorgt sein würde, und seitdem bezahle ich für ihn.«

Erst jetzt scheint er den Mut aufzubringen, mir in die Augen zu schauen.

»Du weißt es, weil du dort selbst einige Jahre aufgewachsen bist?«

Er nickt stumm.

»Und du hast nie daran gedacht, einen Vaterschaftstest durchführen zu lassen?«

»Was sollte das bringen?«

»Gewissheit! Obwohl, man braucht Elijah nur anzusehen und erkennt sofort, dass er dein Sohn ist. Hast du ihn mal kennengelernt?«

Rhys schüttelt den Kopf. »Nein, warum auch? Ich führe bestimmt nicht das richtige Leben, in dem ein zehnjähriger Junge aufwachsen sollte.«

Ich schnaufe ungehalten. »Sein Leben kann man ändern, man muss es nur tun, Rhys. Du kannst unmöglich wollen, dass Elijah das Gleiche durchmacht, das du erlebt hast.«

Der Ausdruck in seinem Gesicht wird hart. »So, was habe ich denn *durchgemacht*?«

»Ich kann es dir nicht sagen, aber es scheint nichts Gutes gewesen zu sein.«

»Wie kommst du darauf?«

»Weil du vor jeder Schwierigkeit fliehen willst, wenn es persönlich wird. Du magst ein hervorragender

Geschäftsmann sein, aber wenn Gefühle ins Spiel kommen, verkriechst du dich in deinem Schneckenhaus.«

Aufgebracht schnauft Rhys. »Ich habe nicht gewusst, dass du auch Psychologin bist, ist mir da etwas entgangen?«

»Du brauchst dich nicht hinter deinem Sarkasmus zu verstecken, ich weiß, wovon ich rede. Im Weglaufen vor Problemen bin ich Weltmeisterin, man könnte meinen, ich hätte es erfunden.«

Sprachlos sitzt Rhys mir gegenüber und schaut mich aus düsteren Augen an.

Ich trinke einen Schluck Champagner, mein Mund ist staubtrocken.

Rhys hat seine Ellbogen abgestützt und die Fingerspitzen aneinandergelegt.

»Wie ist er so?«, fragt er plötzlich in die Stille hinein, wenn man in einem Flugzeug überhaupt von Stille sprechen kann.

»Wie du, aber auch gleichzeitig anders. Er hat deine Augen, deine Ausstrahlung, deinen Blick, er ist intelligent, für einen Zehnjährigen sehr erwachsen, offen, freundlich. Es fällt einem schwer, ihn nicht sofort zu mögen.« Und als Rhys nichts sagt, wage ich einen Vorstoß: »Du solltest ihn treffen.«

Sofort schüttelt er den Kopf. »Nein, das kommt gar nicht infrage.«

Ich hebe die Schultern, tue so, als wäre es mir egal.

»Nun, ich werde ihn am nächsten Wochenende wieder besuchen und etwas mit ihm unternehmen. Weißt du, dass ihn bisher nie jemand besucht hat?«

Ich glaube dies ist zu viel an Information für Rhys, denn er steht auf und verschwindet durch eine Tür, im hinteren Teil der Kabine. Weg kann er ja nicht, also lehne ich mich zurück und atme tief durch. Ich bin auf dem richtigen Weg mit diesem Mann, das spüre ich genau.

~

Das Hotel liegt direkt gegenüber der Galerie, die neu eröffnet wird, sodass wir nur die Straßenseite wechseln müssen, um zum Ort des Geschehens zu gelangen. Rhys hält meine Hand, als wir die Galerieräume betreten, wird aber sofort von einer Menge Leute begrüßt. Er stellt mich jedem als seine neue Assistentin vor, was mir einen leichten Stich versetzt, doch das Interesse der Gäste gilt ausschließlich Rhys. Um mir die Zeit zu vertreiben, sehe ich mir die ausgestellten Exponate genauer an und schlendere langsam an den Kunstwerken entlang, als sich eine Hand auf meine Schulter legt. Im ersten Moment denke ich, dass es Rhys ist, doch als ich mich umdrehe, bleibt mein Mund vor Staunen offen stehen.

»Alex, was machst du denn hier?«

»Hi, Jaz, ich freue mich auch, dich zu sehen.«

»Warum hast du mir nicht gesagt, dass du kommst?« Ich bin wirklich mehr als überrascht, ihn zu treffen und schaue mich hektisch nach Rhys um. Wenn wir nicht aufpassen, kann dies in einer Katastrophe enden.

»Die Frage ist ja wohl eher: Was machst *du* hier?« Die Stimme meines Bruders ist alles andere als freundlich, aber das kenne ich ja bereits.

»Rhys hat mich gebeten, ihn zu begleiten.«

»Rhys? Ihr duzt euch? Wo hast du dieses Kleid her?«

Er kennt bereits die Antworten auf seine Fragen, daher halte ich lieber den Mund, um ihn nicht noch wütender zu machen. Ein warmer Arm legt sich um meine Hüfte und ich erstarre.

»Ich habe ihr dieses Kleid gekauft. Hallo, Alex, schön, dass du es geschafft hast.« Rhys steht neben mir und nimmt mich in Beschlag, als wäre ich sein Besitz.

Er wusste also, dass mein Bruder kommen würde – innerlich koche ich vor Wut. Warum hat er mich nicht vorgewarnt?

Alex' Gesicht erstarrt zu einer Maske, als er Rhys' Hand an meiner Taille sieht. »Ich habe dir doch gesagt, dass wir uns hier in Boston treffen. Ich werde anschließend noch mit nach New York kommen. Ich muss mir nur noch ein Hotelzimmer suchen ...«

»Brauchst du nicht, du kannst in dem Appartement wohnen«, unterbricht Rhys ihn.

»Aber dort wohnt doch Jaz.«

Bevor ich etwas sagen kann, schüttelt Rhys den Kopf. »Nein, sie ist zu mir gezogen.«

Es entsteht eine kurze Pause, in der die Zeit stillzustehen scheint, und plötzlich schießt wie aus dem Nichts Alex' Faust hervor und trifft Rhys unsanft am Kinn. Er taumelt rückwärts, kann sich aber fangen, doch Alex hechtet hinter ihm her und wirft ihn mit seinem Gewicht zu Boden. Dabei geht ein Aufsteller zu Bruch, was die Security auf uns aufmerksam werden lässt. Ich will Rhys zu Hilfe eilen, doch er hat die Situation schnell im Griff, versetzt Alex ebenfalls einen Schlag. Er trifft auf den Punkt und mein Bruder ist für einen Moment so benommen, dass Rhys sich freimachen kann und wieder auf die Füße kommt. Er zieht Alex am Kragen auf die Beine und übergibt ihn den Security Leuten. »Mein Partner scheint etwas zu viel getrunken zu haben, bitte sorgen Sie dafür, dass er unbeschadet ein Taxi findet.«

Ein Blitzlichtgewitter hagelt auf uns herab, denn der anwesenden Presse ist dieser Vorfall nicht entgangen.

»Verflucht!«, murmelt Rhys und schiebt mich durch die Menge nach draußen, weg von den Fotografen und der neugierigen Meute.

»Verdammt noch mal, was ist eigentlich mit Alex los?«, schimpft er zwischen zusammengepressten Zähnen und zerrt mich über die Straße, hinüber zu unserem Hotel.

Ich lasse mich mitschleifen wie eine willenlose Puppe. Mir ist die Reaktion von Alex furchtbar peinlich, aber gleichzeitig mache ich mir auch Sorgen um ihn.

»Lass uns abreisen.« Rhys' Stimme ist aufgebracht, doch ist merke, dass nicht ich der Grund für seinen Zorn bin. Ich beginne unsere Sachen zu packen, viel haben wir ja nicht mitgenommen. Als Rhys aus dem Badezimmer kommt, sehe ich eine Schwellung an seinem Kiefer und seine Handknöchel sind abgeschürft.

»Lass mal sehen.« Ich greife nach seiner Hand, er will mir ausweichen, aber das lasse ich nicht zu und schaue mir seine Wunde genauer an. »Du solltest sie kühlen, genauso wie dein Kinn.« Ich hauche einen Kuss auf seine Hand.

»Es geht schon«, wiegelt er ab.

Ich hole ein sauberes Handtuch aus dem Bad und wickele einige Eiswürfel aus dem Champagnerkühler darin ein, dann halte ich das selbst gebastelte Eispack an seine Wange. »Besser?«, frage ich.

Er nickt ergeben und streichelt sanft mein Gesicht. »Ich weiß wirklich nicht, was plötzlich in deinen Bruder gefahren ist.«

»Er will mich beschützen, aber ich finde, er übertreibt es langsam. Es ist mein Leben und ich kann damit machen, was ich will.«

»Sein Beschützerinstinkt in allen Ehren, aber das ist nicht normal. Ich werde ein ernstes Wort mit ihm reden müssen.«

»Hast du das nicht gerade?«, frage ich mit einem Augenaufschlag und Rhys lächelt. Ich liebe es, wenn er so lächelt.

»Dabei ist er noch nicht einmal mein Bruder.« Ich sehe Rhys' fragenden Blick und beschwichtige ihn schnell, »natürlich ist er mein Bruder, nur nicht mein leiblicher, er wurde adoptiert. Wir sind nicht blutsverwandt. Aber er hat sich schon immer wie mein Beschützer aufgeführt. Ich weiß nicht, warum er plötzlich so austickt.«

»Er ist gar nicht dein richtiger Bruder?« Rhys kann diese Nachricht nur langsam verarbeiten. Ich nicke und kann nur hoffen, dass die beiden das wieder auf die Reihe bekommen.

~

Zwei Stunden später befinden wir uns in der Luft. Rhys löst den Sicherheitsgurt, nachdem wir unsere Flughöhe erreicht haben, und verschwindet im Cockpit. Als er kurz darauf wieder erscheint, klappt er gerade sein Handy zu.

»Ist etwas passiert?«, frage ich unruhig. Vielleicht hat sich Alex ja bei ihm gemeldet.

»Nichts, ich habe nur etwas organisiert.« Mit einem hinreißenden Lächeln lässt er sich neben mir nieder und küsst meinen Handrücken.

»Organisiert? Das hört sich geheimnisvoll an.«

»Kann es sein, dass du neugierig bist?«

»Könnte im Bereich des Möglichen liegen, nur bestätigen möchte ich das nicht.«

»Dann lass dich überraschen.«

15

Die Legacy 650 landet nicht auf dem J.F.K., sondern auf einem kleinen Flughafen auf Long Island. Matt wartet mit dem Audi auf uns und fährt Richtung Osten. Um nicht zu neugierig zu wirken, stelle ich keine Fragen.

Rhys rutscht neben mir tief in den Sitz, legt den Arm um mich und zieht mich mit, lockert seine Krawatte und schließt für ein paar Sekunden die Augen. Er sieht müde aus. Ich streichele sein Gesicht, und wenn ich nicht wüsste, dass Matt am Steuer sitzt, würde ich ihn küssen. Doch vor Matt ist mir das peinlich.

»Ich möchte dich für diesen hässlichen Abend entschädigen und dachte mir, ein verlängertes Wochenende in den Hamptons würde dir gefallen.«

Meine Augen werden groß. »Du hast ein Haus in den Hamptons?«, frage ich überrascht. Auch wenn ich bisher noch nie in New York und Umgebung war, sind mir die Hamptons ein Begriff und ich weiß, dass es das traditionelle Sommerrefugium der New Yorker Society ist, die Grundstücke dort sind unerschwinglich.

»Trish gehörte das Haus, sie wollte es verkaufen, da habe ich es ihr abgekauft. Es liegt sehr schön abgeschieden, wir haben den Strand fast für uns allein.

Die Nachbarn nutzen lieber den nahegelegenen Golfclub, als den Strand.«

»Ich habe aber nichts Passendes eingepackt.«

»Matt hat alles besorgt, du brauchst dir keine Sorgen zu machen.«

Ich mache mir aber welche bei dem Gedanken, dass Matt in meiner Wäsche gewühlt hat.

»Mrs Connor hat eine Tasche für dich und mich gepackt und Matt hat sie mitgebracht.«

Nah immerhin, irgendwie ist es mir unheimlich, dass Rhys meine Gedanken zu lesen scheint.

»Ich kann es gar nicht abwarten, bis wir endlich allein sind«, flüstert er an meinen Lippen und küsst mich.

~

Ich frage mich, ob Matt das Wochenende über bei uns bleiben wird, doch als wir aussteigen und Matt unser Gepäck ins Haus gebracht hat, schickt Rhys ihn mit den Worten nach New York zurück, dass er uns am Montagabend gegen achtzehn Uhr abholen soll.

Es ist schon weit nach Mitternacht, als wir endlich allein sind. Das Anwesen ist riesig, mit Tennisplatz, Pool und einem kleinen Gartenhaus. Ich frage mich immer, wofür die Leute einen Pool brauchen, wenn sie das Meer vor der Tür haben. Es ist dunkel, aber der Ozean glitzert von weitem und die Aussicht aus dem Schlafzimmer ist fantastisch. Ich kann nicht glauben, dass ich wirklich hier bin. Zusammen mit Rhys.

»Können wir zum Meer?«, frage ich, doch Rhys schüttelt den Kopf. »Nein, lass uns hier bleiben.« Er zieht mich in seine Arme und küsst mich gierig. Ich versuche behutsam zu sein, da sein Kinn immer noch leicht geschwollen ist und sich ein grünblauer Streifen gebildet hat, doch er selbst denkt überhaupt nicht daran. Er zerrt den Reißverschluss meines Kleides auf und ich bin froh, es endlich los zu sein. Gleich kann ich in Jeans und Shirt schlüpfen, darin fühle ich mich einfach wohler.

»Habe ich dir schon gesagt, wie wundervoll dir dieses Kleid steht, das ich für dich ausgesucht habe?«, flüstert er an meinen Lippen.

Ich schließe die Augen und bin einfach nur überwältigt von diesem Mann, der schon wieder gegen seine eigenen Prinzipien verstoßen hat. So viel also dazu, dass er unser Verhältnis geheim halten wird.

»Jaz, was ist los mit dir? Du bist mit deinen Gedanken nicht bei mir.« Er hält mich an den Oberarmen fest und geht ein wenig auf Abstand.

»Es tut mir leid.« Ich habe ein schlechtes Gewissen. Rhys hat das hier geplant, um mich zu überraschen und ich kann einfach nicht abschalten. Alex geht mir nicht aus dem Kopf. Ich muss unbedingt mit ihm sprechen, so kann es einfach nicht weitergehen.

»Was ist los, Jaz?«

Ich hebe die Schultern und streife mir das Kleid ab. Mir ist zum Weinen zumute.

»Ich mache mir um Alex sorgen. Ich verstehe einfach nicht, was in ihn gefahren ist. Sein Verhalten ist nicht normal.«

»Okay, Baby, was hältst du davon, wenn ich ihn morgen anrufe und das mit ihm kläre?« Er fährt mit seinem Daumen meine Oberlippe entlang und ich entspanne mich etwas.

»Wie willst du das zwischen uns erklären?« Ich habe keine Ahnung, was Rhys ihm sagen will, denn ich verstehe es ja selbst nicht.

»Dass wir eine Beziehung haben, auch wenn du meine Angestellte bist. Keine Regeln ohne Ausnahme. Dass er recht mit seiner Behauptung hatte, dass du doch *mein* Typ Frau bist. Auch wenn es mir bisher noch nicht klar war.«

Seine Worte sind wie Balsam für meine Seele und ich erwidere seinen Kuss, den er mir heiß auf die Lippen drückt. Oh mein Gott, wenn er meinen Mund berührt, kann ich nicht anders, als mich geschlagen zu geben. Ich streife ihm seine Anzugjacke ab und knöpfe das Hemd auf. Seiner Krawatte hat er sich bereits im Auto entledigt, und als sein Hemd zu Boden gleitet, steht er mit nacktem Oberkörper vor mir. Die Hose sitzt tief auf seiner schmalen Taille, sein Hintern ist einfach grandios und ich wandere um ihn herum, und setze zarte Küsse auf seine Haut. Als ich wieder vor ihm zum Stehen komme, öffne ich den Gürtel und lasse die Anzughose zu Boden gleiten. Rhys steht ganz still, rührt keinen Muskel, nur seine Augen verfolgen jede meiner Bewegungen. Ich lasse mich auf die Knie herab und ziehe dabei seine Calvin Klein herunter, doch als er aus den Pants steigt, zieht er mich wieder zu sich nach oben. Eigentlich hatte ich vor, ihn mit meinem Mund zu verwöhnen, doch er errät, was ich vorhabe und schüttelt den Kopf. »Heute nicht. Heute will ich dich umsorgen.«

Er zieht mich Richtung Bett, das bereits aufgeschlagen ist, und löst meinen BH, bevor er mich anweist, mich quer darauf zu legen. Kaum liege ich, zieht er an meinem Hotpants aus schwarzer Spitze und wirft es achtlos zu Boden.

»Ich habe nie etwas Schöneres gesehen als dich.« Zärtlich fährt er mit seinem Zeigefinger mein Bein entlang, bis er auf meine Mitte trifft. Er kniet auf dem Bett und ragt hoch über mir auf. »Ich weiß nicht, ob ich dich jeweils wieder gehenlassen kann.« Ein Lächeln umspielt seine Lippen.

»Willst du mich etwa wegschicken?«, frage ich heiser und mit einem Anflug von Panik, die ich versuche zu unterdrücken.

»Gott bewahre, selbst wenn ich es wollte, könnte ich es nicht. Ich denke jede Minute an dich, wenn du nicht bei mir bist. Ich weiß nicht, wie ich so alt werden konnte, ohne dich, Jaz.« Seine Augen verdunkeln sich und sein Gesicht nimmt diesen Ausdruck an, der mich ihn in den Arm nehmen lassen will, um ihm zu sagen, dass ich ihn nie freiwillig verlassen werde. Doch das wäre leichtsinnig. Wir wissen beide, dass dies hier irgendwann ein Ende finden wird. Rhys Cunningham pflegt keine Beziehungen von langer Dauer, auch wenn er mir und sich selbst in diesem Augenblick etwas anderes vormachen will. Damit werde ich leben müssen. Auch auf die Gefahr hin, dass ich mit einem gebrochenen Herzen zurückbleibe. Mal wieder.

Er lässt sich zu mir herab und stützt seine Hände rechts und links neben meinen Kopf ab. »Sag mir, was du möchtest.«

Dass du mich liebst, denke ich, doch das kann ich ihm natürlich nicht sagen.

»So möchte ich dich ... auf mir ... ich möchte deine Haut spüren«, wispere ich, weil mir einfach die richtigen Worte fehlen.

Rhys nickt und küsst mich. Diesmal ist er weniger vorsichtig, ich merke, er kann sich kaum noch zurückhalten. Ich schlage meine Beine um seine Hüften und spüre, wie er augenblicklich in mich eindringt. Feste stößt er zu und ich drücke meinen Rücken durch, um ihn noch intensiver zu spüren. Der lustvolle Schmerz in meinem Schoß lässt mich die Luft anhalten.

Sein Rhythmus wird schneller, ebenso wie seine Atmung, die sanft mein Ohr streift. Ich spüre seine unbändige Kraft und mir wird klar, dass ich sein Ventil bin. Der Zwischenfall in der Galerie war schrecklich und ich will Rhys alles geben, damit er ihn so schnell wie möglich vergisst. Mir geht es wie ihm, auch wenn ich es beenden wollte, ich könnte es nicht.

~

Nach dem Frühstück, das ich uns gezaubert habe, gehen wir an den Strand. Ich war überrascht, dass der Kühlschrank alles hergibt, was das Herz begehrt. Irgendjemand muss gestern Abend noch dafür gesorgt haben, dass er aufgefüllt wurde.

Der Strand ist fast menschenleer. Ich trage meinen Bikini, den ich in der Reisetasche gefunden habe, die Matt uns gebracht hat. Das Wasser ist kalt, doch ich stürze mich mutig in die Fluten. Ich gebe es zu, ich bin eine Wasserratte und kann mich überhaupt nicht losreißen. Auf Hawaii gab es keine Wassersportart, die ich nicht betrieben habe. Ob es Wellenreiten, Tauchen oder Surfen ist, vor Nichts mache ich Halt, es wäre für eine Meeresbiologin auch seltsam, wasserscheu zu sein.

Rhys sitzt im Sand und schaut mir zu. Er sieht total heiß aus, denn er trägt nur eine verblichene Jeans und ein weißes Shirt. Dieser Mann kann einfach alles tragen und sieht zum Anbeißen aus.

Ich schwimme ein paar schnelle Züge, und als ich wieder an Land komme, sehe ich, dass Rhys sich mit einer schlanken Blondine unterhält. Sie ist groß, sehr sexy, zumindest, was ich aus der Entfernung erkennen kann, hat ihre langen blonden Haare mit einer Sonnenbrille nach hinten geschoben und trägt ein langes wehendes Sommerkleid. Ihre Hand mit den rot lackierten Fingernägeln liegt auf seinem Arm, registriere ich, als ich näher komme. Im ersten Moment nimmt mich Rhys gar nicht wahr, so vertieft ist er in das Gespräch.

Erst als die Augen der Blondine an mir hängenbleiben, sieht er mich irritiert an.

»Oh, das ist wohl die Frau, wegen der sich Rhys Cunningham in aller Öffentlichkeit prügelt?« Sie hält mir die Hand hin. »Hi, ich bin Christina Blanks«, stellt sie sich selbst vor.

Bevor ich etwas sagen kann, ergänzt sie. »Rhys war mit mir ein ganzes Jahr zusammen, länger als mit jeder anderen Frau.« Sie grinst und erinnert mich damit an einen Wolf.

»Hi, ich bin Jazman Darling. Dann habe ich ja einen Rekord zu brechen«, erwidere ich ruhig, schnappe mir ein Handtuch aus meiner Tasche und beginne mich abzutrocknen. »Allerdings hat Rhys es nicht nötig, sich um mich zu prügeln, ich bleibe freiwillig bei ihm. Er hatte nur eine kleine Meinungsverschiedenheit mit meinem Bruder,« betone ich lässig.

»Oh.« Sie schürzt die Lippen, die feuerrot geschminkt sind. Das sieht etwas billig aus, aber das behalte ich lieber für mich.

Rhys, der die ganze Zeit zwischen uns hin und her geschaut hat, nimmt meinen Arm als er sagt: »Ja, war schön dich mal wiederzusehen, Chris. Ich denke nicht, dass wir deine Einladung annehmen können, wir sind nur zwei Tage hier. Aber trotzdem vielen Dank.«

Sie berührt Rhys' Arm und meint mit einem Augenaufschlag: »Wenn du mal wieder Lust hast, du weißt, wo du mich findest.«

Er nickt ihr zu, nimmt dann meine Hand und zieht mich Richtung Haus.

Ich kann es nicht fassen, dass er mit dieser Kuh ein ganzes Jahr zusammen war. Ich muss lachen und schaue ihn an.

»Zehn Monate ...«, sagt er zerknirscht, »wir waren nur zehn Monate zusammen und davon war ich die meiste Zeit in Frankfurt.«

Jetzt lache ich noch lauter, weil ich es witzig finde, dass Rhys Cunningham etwas peinlich ist.

Das macht ihn noch wütender und er zerrt mich ins Haus. »Geh unter die Dusche, du riechst nach Fisch!«

16

Unter der Dusche frage ich mich, was Chris mit dieser Bemerkung gemeint hat, wenn er mal wieder *Lust* hat? Worauf? Es lag so etwas Vertrautes in ihrer Stimme, etwas, das mich vollkommen außen vor ließ und das ärgert mich gewaltig. Natürlich weiß ich, dass Rhys ein Mann voller Geheimnisse ist, aber wenn er wirklich mit mir zusammen sein will, muss ich einfach mehr über ihn erfahren.

Als ich fertig angezogen bin, höre ich, wie mein Handy summt und den Eingang einer Kurzmitteilung anzeigt. Ich schnappe es mir und sehe, dass Alex sich gemeldet hat.

Wo bist du? Geht es dir gut? A.

Diese Frage müsste ich ja wohl eher ihm stellen.

In den Hamptons, wie geht es dir?, schreibe ich zurück.

Wir müssen sprechen, ich warte in New York auf dich, erhalte ich kurz darauf als Antwort.

Komme morgen Abend zurück, dann reden wir! J.

Ich packe das Handy weg. Alex wird sich gedulden müssen, so einfach werde ich ihm seinen Auftritt nicht verzeihen. Er hat damit nicht nur Rhys und der Firma geschadet, sondern auch sich selbst zum Gespött gemacht.

~

Im Wohnzimmer sitzt Rhys auf dem Sofa und blättert durch ein Magazin. Er hat ebenfalls geduscht, sich aber zum Essen nicht umgezogen.

»Was hältst du davon, wenn wir heute hier essen und es uns gemütlich machen?«, fragt er mit Blick auf das Meer, »es zieht ein Gewitter auf.«

»Gerne, ich kann uns etwas kochen.« Ich starte direkt in die Küche durch. Im Tiefkühlfach finde ich Fisch und Scampi, im Kühlschrank Gemüse. Jetzt brauche ich nur Reis, den ich nach kurzem Suchen in der Haushalskammer, direkt neben der Küche, finde.

»Was hältst du von einer Fischpfanne?«

Rhys nickt mir begeistert zu. »Ich erledige schnell ein paar Telefonate und helfe dir dann.«

Schon ist er in einem Zimmer verschwunden, das ich für das Arbeitszimmer halte.

Ich ziehe mir bequeme Sachen an, einen Neckholder und einen kurzen Jeansrock, dann mache ich mich an die Arbeit.

Erst als das Essen schon auf dem Tisch im Esszimmer steht, lässt Rhys sich wieder blicken. Er scheint nachdenklich und seine Miene ist alles andere als glücklich.

»Ist etwas passiert?«, frage ich, doch er scheint mich gar nicht zu hören. Er fährt sich mit der Hand durch die Haare, seine übliche Geste, wenn er versucht, eine Situation in den Griff zu bekommen. Endlich schaut er mich an. Ich hebe nur fragend eine Augenbraue.

»Wir müssen schon heute zurück. Matt holt uns in zwei Stunden ab.«

»Was ist denn passiert?«, frage ich und schaufele ihm etwas von der Fischpfanne auf den Teller.

»Ein Kamerateam hat gestern den Streit zwischen Alex und mir gefilmt, nun läuft es auf allen Kanälen.«

»Shit«, rutscht es mir heraus.

»Das kannst du laut sagen«, nickt Rhys und nimmt endlich Platz.

Wir essen in angespannter Stille. Nachdem wir fertig sind und ich den Tisch abräume, greift er nach meiner Hand und zieht mich auf seinen Schoß. »Es hat wunderbar geschmeckt. Danke, dass du das für mich getan hast«, sagt er leise und vergräbt sein Gesicht in meinem Haar. »Es tut mir leid, dass unser Trip heute schon zu Ende geht, aber es gibt einige Dinge, um die ich mich kümmern muss.«

Ich nicke. »Kein Thema.«

Forschend schaut er mir in die Augen, als würde er mir nicht glauben. »Was bewegt dich?«, fragt er nach einiger Zeit.

So ganz will ich mit der Sprache nicht raus, doch ich weiß, dass er keine Ruhe geben wird. »Was hat Chris gemeint, als sie sagte, wenn du mal wieder *Lust* hast?«

Wir verlieren den Blickkontakt und ich spüre, dass Rhys sich wieder in sein Schneckenhaus zurückzieht. »Das hat keine Bedeutung.«

»Ich würde es aber gerne wissen.«

»Jaz«, sagt er warnend.

»Du hast gefragt. Ich habe dir eine ehrliche Antwort gegeben.«

»Es hat keine Bedeutung, nichts worüber du dir Gedanken machen musst.«

»Ich mache mir aber welche.«

»Jetzt ist kein guter Zeitpunkt für Eifersucht, Jaz.« Sein Ton ist mittlerweile wütend.

»Ich bin nicht eifersüchtig. Ich will doch nur wissen, was sie gemeint hat.«

Rhys hebt mich von seinem Schoß und steht auf. »Lass uns packen.«

~

Am Montagmorgen treffe ich Alex in meinem Büro an. Er steht mit dem Rücken zu mir am Fenster und schaut auf dem Central Park hinaus. Scheinbar hat er nicht bemerkt, dass ich den Raum betreten habe.

»Alex?«, spreche ich ihn laut an.

Er dreht sich zu mir um und ein schiefes Lächeln zeigt sich auf seinen Lippen.

»Hi, Jazman.«

Er trägt eine dunkle Sonnenbrille, und als er auf mich zukommt, zieht er sie ab. Ein schillerndes Veilchen ziert sein linkes Auge.

»Oh«, entfährt es mir.

»Ja, Rhys hat einen ganz schön harten Schlag.«

Ich sage nichts dazu, sondern ziehe ihn in meine Arme und küsse ihn auf die Wange.

»Wo ist er?«, fragt Alex.

Diese angespannte Atmosphäre zwischen uns ist neu und fühlt sich seltsam an. Obwohl wir oft Monate getrennt waren, hatten wir immer ein sehr gutes Verhältnis, das jetzt verschwunden scheint.

»Schadensbegrenzung würde ich es nennen. Er gibt ein Interview, um den Gerüchten, dass er sich mit dir um mich geprügelt hat, entgegenzusteuern.«

»Bist du nun mit ihm zusammen?«

Sein anklagender Ton bewegt mich dazu, mich von ihm zu lösen und etwas Abstand zwischen uns zu bringen. Er macht mich zornig. Er hat kein recht dazu, sich in mein Leben zu mischen, denn ich bin erwachsen und kann selbst für mich entscheiden. Doch diese

Diskussion hatten wir schon zu oft und ich werde mich nicht mehr dazu äußern. Mein Blick ist unerschütterlich, als ich sage: »Ja, ich bin mit Rhys zusammen. Ich liebe ihn.« Es kommt mir leicht über die Lippen, als hätte ich es schon tausend Mal gesagt.

»Und er? Liebt er dich auch?«

»Hat du plötzlich den Vornamen deines Partners vergessen?«, frage ich giftig.

Alex greift nach meinen Schultern und schüttelt mich leicht. »Du weißt es nicht. Ich denke, er hat es dir genauso wenig gesagt, wie all den anderen Frauen, die er verschlissen hat.« Er versucht mich fester in seine Arme zu ziehen, aber ich will diese Nähe nicht und wehre mich dagegen. Meine Hände landen auf seiner Brust, um ihn auf Abstand zu halten, was mir nur mäßig gelingt, Alex ist viel stärker als ich.

»Wenn du willst, dass dich jemand liebt, brauchst du gar nicht so weit zu suchen. Ich liebe dich, Jaz.«

Sein Ton ist leise und unangenehm.

»Du bist mein Bruder, ich weiß, dass du mich liebst.«

»Was wäre, wenn meine Liebe über das normale Schwester-Bruder Verhältnis hinausginge? Du warst schon immer mehr für mich, als nur meine Schwester, Jaz. Ja, ich liebe dich. Ich liebe dich wahrhaftig.«

»Nimm deine Finger von mir«, presse ich hervor, und bevor er mich küssen kann, stoße ich ihn so heftig von mir, dass er krachend an der rückwärtigen Wand landet.

»Lass deine Hände von ihr oder ich verpasse dir ein zweites Veilchen.«

Alex schüttelt benommen den Kopf und sieht dann wütend zu Rhys, der lautlos den Raum betreten hat und Zeuge unseres Gesprächs wurde.

»Halt dich da raus, Rhys«, ruft Alex außer sich.

»Das werde ich nicht, Alexander«, erwidert Rhys in stoischer Ruhe. »Sie gehört zu mir. «

»*Ich* liebe sie, nicht du! Ich liebe sie schon mein ganzes Leben. Du wirst sie mir nicht wegnehmen!«

Entgeistert starrt Rhys meinen Bruder an, als könne er nicht glauben, was Alex da von sich gibt. Genauso wenig wie ich.

»Du kannst jede Frau auf der Welt ficken, suche dir eine andere, aber lass Jaz in Ruhe, ziehe sie nicht in deinen Sumpf, sie ist zu gut für dich.«

Rhys fährt sich mit der Hand über sein Haar, während ich bewegungslos und schockiert zwischen den beiden stehe.

»Ich liebe Jaz, und auch wenn es dir nicht passt, ich werde sie heiraten.«

»Das werde ich niemals zulassen!«, schreit Alex wie von Sinnen. »Sie gehört mir und du Bastard wirst deine dreckigen Finger von ihr lassen! Schnapp dir diese Schlampe Chris oder von mir aus Melissa und mach sie unglücklich, doch Jaz wirst du niemals bekommen, dafür werde ich sorgen!«

Alex macht einen Schritt auf mich zu, doch ich wende mich Rhys zu und schmiege mich in seine Arme, womit feststeht, auf welcher Seite ich stehe.

Alex steuert an mir vorbei, auf die Tür zu.

»Sieh unsere geschäftliche Beziehung als beendet an«, zischt mein Bruder und verlässt mit einem lauten Türknallen mein Büro.

Ich zittere am ganzen Körper. So außer sich habe ich meinen Bruder noch nie erlebt.

»Puh«, stöhnt Rhys erschöpft und schlingt die Arme um meinen Körper. »Es ist vorbei.«

»Es tut mir leid«, flüstere ich an seinem Hals und könnte heulen, wenn ich nicht so geschockt wäre. Das Verhalten meines Bruders ist nicht rational zu erklären. Seine wirren Äußerungen kann ich nicht zuordnen.

»Ich weiß nicht, was in ihn gefahren ist. Noch nie hat er sich so verhalten, sein Benehmen mir gegenüber war immer einwandfrei.« Ich bin verzweifelt. Wenn ich der Grund eines Zwistes zwischen Rhys und meinem Bruder bin, muss ich meine Beziehung zu Rhys überdenken. Ich will nicht der Grund für die Beendigung ihrer Geschäftsbeziehung sein.

»Alles wird gut, mein Schatz.« Rhys versucht mich zu beruhigen, denn ich hänge immer noch zitternd und verwirrt in seinen Armen.

»Was hat er damit gemeint, dass Chris eine Schlampe ist? Woher kennt er sie?«

Rhys schüttelt den Kopf. »Nicht jetzt, Jaz. Ich erkläre es dir später.«

»Wann später?«, will ich wissen. Ich mag es nicht, einfach so abgespeist zu werden. Ich brauche Antworten und die will ich hier und jetzt.

»Nein, Rhys. So läuft das nicht. Ich bin kein billiges Flittchen, mit dem du ins Bett gehst, die du ansonsten aber aus deinem Leben ausschließen kannst, wann immer es dir passt. Du erzählst Alex, dass du mich heiraten willst, ohne mich vorher zu fragen. Warum machst du so etwas? Weil es dir gerade in den Kram passt? Ein weiterer Pfeil, den du auf Alex abschießen kannst? Ich weiß einfach nicht, was in deinem Kopf vorgeht.« Vorsichtig drehe ich mich aus seiner Umarmung und bringe Abstand zwischen uns. Distanz, die mir Sicherheit bringen soll, damit meine Seele nicht vollkommen von Rhys Cunningham verschlungen wird, denn mittlerweile weiß ich nicht, was ich überhaupt noch denken soll.

»Es tut mir leid, Jaz. So war das nicht geplant, dass du es auf diesem Weg erfährst. Mein Wunsch geistert schon seit einigen Tagen in meinem Kopf herum und ich werde ihn nicht mehr los. Ich will, dass du meine Frau wirst. Ich liebe dich und bin besessen von dir, Jaz. Seit dem Tag, an dem ich dich zum ersten Mal sah, hast du mich gefangen genommen. Das musst du mir glauben. Ich komme nicht mehr von dir los, ich will es auch gar nicht. Ich will nur dich!«

Gebannt starre ich Rhys an, der sich mittlerweile genauso irre anhört wie mein Bruder. Spielt denn die ganze Welt verrückt? Er macht mir ein Liebesgeständnis und sieht dabei aus, als würde er mir die Kündigung ins Gesicht schleudern.

»Rhys, ich habe so viele Fragen und brauche dringend Antworten darauf, keine Ausflüchte.«

»Du bekommst deine Antworten, heute Abend. Doch jetzt muss ich mich um die geschäftlichen Belange kümmern.« Er küsst meine Stirn und lässt mich allein im Zimmer zurück.

~

»Ich möchte, dass wir den Vertrag auflösen und Alex auszahlen. Sofort. Gehen Sie auf all seine Bedingungen ein. Von mir aus kann er das Büro in Frankfurt behalten. Sorgen Sie nur dafür, dass wir aus den Verträgen herauskommen und er ab sofort keinen Zugang mehr zu diesem Gebäude hat.« Rhys hört seinem Gesprächspartner einen Augenblick zu, unterbricht ihn aber: »Ich bezahle einen Haufen Anwälte, damit sie sich um solche Probleme kümmern.« Damit beendet er das Gespräch, ohne sich zu verabschieden. Als der nächste Anruf auf seiner Privatleitung hereinkommt, tippt er auf den Bluetooth Stick an seinem Ohr, um das Gespräch anzunehmen.

»Hier ist Walter.«

Rhys atmet erleichtert aus. »Walter, wie gut, dass Sie sich melden. Ich brauche Sie dringend. Wann können wir uns treffen?«

»Das Dossier über unseren Freund aus Hawaii ist fertig. In einer Stunde, gleicher Ort?«

»Sehr gut. Ich werde da sein.«

~

Wie immer wartet Walter in dem Diner in Brooklyn und trinkt eine Tasse Kaffee. Vor ihm auf dem Tisch liegt ein brauner Umschlag, den er Rhys zuschiebt, als dieser sich zu ihm an den Tisch setzt.

»Walter, Sie wissen gar nicht, wie froh ich bin, Sie zu sehen.« Rhys reicht ihm die Hand und bestellt mit einem Fingerzeig eine Tasse Kaffee. »Was haben Sie herausbekommen?«

Rhys nimmt den Umschlag in Empfang, will aber aus Walters Mund hören, was dieser zutage befördert hat.

»Dieser Hunter Burke ist ein Frauenheld. Er hat zahllose Affären, aber nichts hält länger als ein paar Wochen. Meistens serviert er die Lady ab. Um Miss Darling loszuwerden, hat er dem Direktor die Affäre selbst gesteckt. Ein guter Lehrer, aber menschlich jemand von der ganz miesen Sorte.«

Rhys nickt und öffnet den braunen Umschlag. Dort findet er ein Foto von Hunter Burke. Darauf trägt er

Freizeitkleidung, sieht aus, als käme er gerade vom Surfen. Ein T-Shirt spannt sich über die muskulöse Brust, er trägt kurze Shorts, ist braun gebrannt, sein Haar ausgeblichen von der Sonne, seine Locken hängen ihm in die Stirn und sein Lächeln offenbart ein paar strahlend weiße Zähne. Dass dieser Typ problemlos Hunderte von Studentinnen flachlegen könnte, kann Rhys sich gut vorstellen. Dass er jemand ist, auf den Jaz fliegt, lässt seine Eifersucht hochkochen. Ob sie wohl immer noch etwas für ihn empfindet? Ob sie Rhys nur benutzt, um von dem Kerl loszukommen?

»Ich möchte, dass Sie diesen Burke unter irgendeinem Vorwand nach New York holen. Fädeln Sie was ein, treffen Sie sich mit ihm in einem Restaurant und geben Sie mir Zeitpunkt und Ort durch.« Rhys' Augen sind immer noch auf das Foto geheftet.

»Okay, ich erledige das.«

»Sie bekommen das hin, Walter. Dann habe ich noch eine andere Aufgabe für Sie. Ich möchte, dass Sie Jaz Darling rund um die Uhr beschatten. Es hat heute einen unangenehmen Zwischenfall mit ihrem Bruder Alexander Darling gegeben und ich möchte nicht, dass Jaz noch einmal ihrem Bruder begegnet. Organisieren Sie einen Bodyguard, der Miss Darling rund um die Uhr beschützt, wenn ich nicht an ihrer Seite bin.«

17

Die Wohnung ist merkwürdig leer ohne Rhys. Er ist seit Stunden unterwegs und ich weiß weder wohin, noch wann er wiederkommt. Mrs Connor hat uns etwas zu Essen gekocht und ist dann nach Hause gegangen. Nun sitze ich hier und habe keine Ahnung, was ich machen soll. Gerade als ich mein Handy zur Hand nehme, um Rhys eine Nachricht zu schreiben, höre ich, wie sich die Tür öffnet.

Als er hereinkommt, sehe ich sein Gesicht und zum ersten Mal sieht er müde und abgekämpft aus.

»Hi, magst du was trinken?«, frage ich ihn.

»Ja, später, jetzt brauche ich erst einmal nur dich.« Er nimmt mich in die Arme und küsst mich wild.

»Mrs Connor hat uns etwas zu Essen gemacht«, sage ich zwischen zwei Küssen.

»Später.«

Er hebt mich hoch und trägt mich die Treppen zum Schlafzimmer hinauf. Die Tür schließt er mit einem Fußtritt. Er wirft mich auf das Bett und beginnt in Windeseile, sich von seinen Sachen zu befreien. Als ich mich ebenfalls ausziehen will, hält er mich mit einem Blick zurück. »Warte, lass mich das machen. Darauf freue ich mich schon den ganzen Tag.«

Als ich endlich nackt bin, legt er sich zu mir aufs Bett und küsst mich hungrig. Wie kann ich diesem Mann widerstehen? Ich kann einfach nicht von ihm lassen. Wie soll ich nur je wieder in mein altes Leben zurückfinden, wenn das hier schiefgeht? Seine Haut auf meiner fühlt sich elektrisierend an, was mich schon allein an den Rand eines Orgasmus bringt. Ich muss mich zurückhalten, um ja nicht zu früh zu kommen und den ganzen Spaß zu verderben. Doch etwas an Rhys ist anders, er ist anders. Rauer, derber. Er wirft mich auf den Rücken und legt sich mit seinem ganzen Körper über mich. Ohne weiter auf mich zu achten, stößt er in mich hinein. Es verursacht mir zwar keinen Schmerz, aber die Stöße sind hart und schnell. »Oh mein Gott!«, keuche ich auf und versuche den Druck seines Körpers abzumildern.

»Genauso will ich dich, Jaz! Roh und hart, erst wenn es wehtut, weißt du, dass du lebst«, stöhnt er mir ins Ohr und zieht meinen Kopf an den Haaren zu sich. »Gefällt es dir?«

Ich weiß nicht, was ich darauf sagen soll. Etwas mehr Zärtlichkeit hätte mir gefallen, aber seine Gier hat mich längst mitgerissen.

»Du darfst mich nie verlassen, hörst du, niemals. Ich werde dich überall finden und zurückholen. Du gehörst allein mir.« Seine keuchenden Worte werden durch die Stöße seiner Lenden unterstrichen, jedes Einzelne.

»Ich werde dich nie verlassen, ich könnte es gar nicht. Ich komme nie wieder von dir los, Rhys«, stöhne ich und fühle eine Welle der Befriedigung auf mich zurasen. Kurz bevor Rhys sich in mir ergießt, reißt mich sein mächtiger Orgasmus mit. Ich schreie seinen Namen, als ich komme und fühle, wie er im gleichen Moment über mir zusammenbricht.

~

Wir sitzen im Wohnzimmer auf der Couch und essen das, was Mrs Connor für uns gekocht hat. Hühnchen Marsala mit Reis. Es schmeckt wundervoll, sie ist eine ausgezeichnete Köchin. Nah sitzen wir auf der Couch beieinander, unsere Beine berühren sich und wir füttern uns gegenseitig. *So könnte ein Leben mit Rhys aussehen,* geht es mir durch den Kopf und ich muss grinsen. Rhys Cunningham als gemütliche Couch-Potato hat was.

»Chris ist ein Callgirl.«

Seine Worte lassen mich abrupt innehalten, als ich gerade die Gabel zu seinem Mund führen will.

»Du meinst, sie ist eine Nutte?«

»Wenn du es so ausdrücken willst, dann ja, sie ist käuflich. Ich bevorzuge allerdings den Begriff Escortdame.«

»Nenn es, wie du willst, für mich bleibt sie eine Nutte, die ihre Dienste für Geld anbietet.« Meine

Stimme ist abfällig. Auch wenn ich es nicht zeigen möchte, weckt allein die Erwähnung ihres Namens bei mir einen Brechreiz. Gleichzeitig wallt Mitleid in mir auf. Wie traurig, sich über Monate eine Frau kaufen zu müssen.

Liebevoll streicht Rhys mir über den Rücken. »Es geht keine Gefahr von ihr aus. Sie war eine gewisse Zeit für mich nützlich, und ich habe sie für ihre Dienste gut bezahlt. Außerdem ist das schon lange her. Jetzt benötige ich solche Frauen nicht mehr.«

Ich lächele gutmütig. »Nein, dafür hast du jetzt mich.«

»Nein, Jaz. Das, was wir haben, konnte Chris mir nie geben. Sie war ein Zeitvertreib, mehr nicht. Du bist mein Leben.«

Wir haben uns nach dem Duschen bequeme Sportkleidung angezogen. Eigentlich wollten wir noch ein paar Runden im Park laufen, doch nach dem Essen bin ich viel zu träge dazu.

Rhys ist so lieb, räumt das Geschirr weg und kehrt mit zwei Gläsern Champagner aus der Küche zurück.

»Ich denke nicht, dass du noch Lust auf eine Runde hast, daher habe ich eine andere Idee.« Er stellt die Gläser vor uns auf den niedrigen Glastisch und lässt sich auf einem Knie vor mir nieder.

»Eine andere Idee?«, frage ich gedehnt und denke an Sex, »bitte nicht, dafür bin ich heute zu müde.«

»Ich hoffe, dass du nicht zu müde bist, mir eine Antwort auf das hier zu geben.« Er zieht eine kleine Schachtel aus seiner Jogginghose und reicht sie mir. »Weil ich dich nämlich frage: Willst du mich heiraten?« Dabei öffnet er die kleine Schatulle und ich blicke auf zwei Ringe, identisch bis auf die Größen.

Ich bin sprachlos, weiß nicht, wohin ich blicken soll. Rhys – Ringe, Ringe – Rhys.

»Fliege mit mir am Wochenende nach Vegas und werde meine Frau.«

Ich starre noch immer auf die Ringe, und als ich endlich in seine Augen blicke, fällt mir nichts weiter ein, als ein simples: »Ja, ich will!«

~

Oh Gott, sie hat ja gesagt! Rhys kann es nicht fassen. Die Spannung, die ihm den ganzen Tag schon im Nacken saß, wurde mit diesen drei kleinen Worten weggeblasen wie loser Pulverschnee von einer Eisfläche. All seine Ängste und Bedenken lösen sich in Luft auf und er kann wieder frei atmen. Jazman würde in wenigen Tagen seine Frau werden und dann würde sie ganz allein ihm gehören. Nichts würde sie mehr trennen können. Er sieht sie auf Augenhöhe an, da er immer noch vor ihr kniet, und streift ihr den Ring über den Finger. Sieht ihre Verwirrung und erkennt, dass ihm diese Überraschung wirklich geglückt ist.

»Wo hast du nur die Ringe her?«, fragt sie atemlos und eine einzelne Träne rinnt ihr die Wange herab, ehe er sie mit seinem Daumen auffängt.

»Bitte, weine nicht, Jaz. Ich bin den ganzen Nachmittag durch die Stadt gerast, um die perfekten Ringe zu finden. Dies ist ein Moment der Freude, nicht der Tränen.«

Sie lacht befreit. »Ja, Rhys, natürlich. Nur, ich bin so wahnsinnig überwältigt.« Jaz betrachtet den Reif aus Platin, in dem vier Diamanten eingesetzt sind. »Warum vier?«, fragt sie flüsternd.

»Für jede Himmelsrichtung einen. Denn egal wo du bist, ich werde immer bei dir sein. Meine Liebe wird dich immer erreichen.«

18

Am Dienstag rufe ich Elijah an und verabrede mich für nächsten Sonntag mit ihm. Noch sage ich ihm nicht, ob Rhys uns begleitet, denn das ist eine Hürde, die ich noch nehmen muss, zu der ich bisher keinen Mut gefunden habe.

Den Moment, als Rhys mir den Ring an den Finger gesteckt hat, werde ich wohl nie vergessen. Das Gefühl, das sich in meinem Herzen ausbreitete, war so unbeschreiblich, dass mein Puls wie ein Wildpferd durch meine Adern galoppierte.

Als ich Rhys seinen Ring über den Finger der linken Hand schob, schaute er mich mit großen Augen an, die mich sofort an Elijah erinnerten.

Wir wollen unsere Verlobung nicht an die große Glocke hängen, doch Susan hat mit ihren Adleraugen erkannt, dass Rhys und ich den gleichen Ring tragen und mir blieb nichts anderes übrig, als zuzugeben, dass Rhys mir einen Antrag gemacht hat. Ich weiß unser Geheimnis jedoch bei ihr in guten Händen. Ich bin ein wenig traurig, dass ich Alex nichts von diesem Ereignis erzählen kann, und hoffe nur, dass er sich bald wieder einkriegt, denn auf meine Anrufe reagiert er nicht.

Als ich mit Elijah telefoniere, schlendert Rhys in mein Büro und wartet, bis ich mein Telefonat beendet habe. Bei der Erwähnung von Elijahs Namen schaut er neugierig aber mit versteinerter Miene auf.

»Du triffst dich wieder mit dem Jungen?«, fragt er schroff, doch so leicht lasse ich mich von dem düsteren Rhys Cunningham nicht mehr beeindrucken.

»Ja, ich habe am Sonntag eine Verabredung mit ihm und möchte, da du zu diesem Zeitpunkt bereits mein Mann sein wirst, dass du mich begleitest.« Ich halte den Atem an.

Er rauft sich die Haare, ich kenne diese Geste.

»Jaz, ich glaube nicht ...«

»Nehme es als Hochzeitsgeschenk für mich. Schenke mir eine Stunde mit dir und Elijah.«

Ich starre ihm in die Augen, er soll wissen, dass dieser Wunsch nicht verhandelbar ist. Ja oder nein. Andere Alternativen gibt es nicht.

»Ich werde es mir überlegen.«

Ruckartig springe ich von meinem Schreibtischstuhl auf und falle ihm um den Hals, küsse ihn.

»Jaz, ich habe auch eine Bitte. Gehe heute Abend mit mir essen. Ich habe einen Tisch bestellt und möchte, dass wir dort Trish treffen. Ich will ihr von unserer Verlobung erzählen. Sei um neunzehn Uhr fertig.«

~

Pünktlich zur vereinbarten Zeit warte ich im Penthouse auf Rhys, damit er mich zum Essen abholt. Ein Treffen mit Trish kann ich natürlich nicht ablehnen. Ich trage ein hellblaues Wickelkleid, das wie von Zauberhand auf meinem Bett lag, und als Rhys durch die Tür tritt, weiß ich auch warum. Seine Krawatte und das Einstecktuch haben die gleiche Farbe, wie mein Kleid.

Die Fahrt zum Restaurant dauert keine fünf Minuten und wir werden sofort zu einem Tisch geführt, obwohl es eine lange Schlange von Menschen gibt, die auf einen freien Tisch warten.

Während wir durch das Restaurant geführt werden, höre ich, wie plötzlich jemand meinen Namen ruft.

»Jazman?«

Abrupt bleibe ich stehen und drehe mich um.

»Hunter?« Ich verfalle in Schnappatmung, als ich ihn erkenne. »Hunter, mein Gott. Du bist es wirklich.«

»Jazman, wow, ich habe dich kaum wiedererkannt.«

Hunter Burke zieht mich in seine Arme, beugt sich vor und küsst mich auf beide Wangen. Etwas verlegen schaue ich auf Rhys, der hinter mir stehen geblieben ist und Hunter argwöhnisch beäugt.

»Was machst du in New York? Ich dachte, du wärst in Honolulu?«, frage ich überrascht.

Hunter strahlt auf mich herunter und mein Herzschlag setzt einen Moment aus. »Darf ich dir übrigens meinen Verlobten vorstellen, Rhys Cunningham«, sage ich schnell, als ich seine Hand auf meinem Rücken spüre, wohl, um sich in Erinnerung zu bringen.

»Verlobten?«, fragt Hunter irritiert, anstatt Rhys zu begrüßen. »Aber du bist doch erst vor drei Wochen nach Frankfurt geflogen?«

Ich lächele verlegen.

»Es gibt Dinge, die bedürfen keiner langen Wartezeit«, kommentiert Rhys seine Frage und hält Hunter die Hand hin.

»Hunter Burke«, stellt er sich selbst vor und ergreift die ihm angebotene Hand. »Ich war Jazmans Professor an der Uni in Honolulu.«

»Nett, Sie kennenzulernen, Mr Burke. Was verschlägt sie nach New York?«, fragt Rhys interessiert.

»Oh, ich habe hier ein Vorstellungsgespräch für eine private Uni. Das Wetter ist zwar nicht so gut wie auf Hawaii, aber das Gehalt ist wesentlich attraktiver.« Er lächelt und dreht sich zu einem Mann um, der geduldig hinter ihm steht.

»Darf ich euch Mr Walter vorstellen? Er ist der Direktor der Universität.«

Der Mann reicht Rhys und mir die Hand.

»Mr Walter, schön Sie kennenzulernen.« Rhys schüttelt dem Mann freundlich die Hand. Für eine Sekunde glaube ich ein Waffenholster, wie es auch Matt trägt, unter dem Jackett von Mr Walter zu erkennen, doch ich muss mich irren. Was soll ein Universitätsdirektor mit einer Waffe?

»Schatz, ich glaube, wir sollten zu unserem Tisch gehen«, flüstert Rhys mir mit einem Seitenblick auf die wartende Kellnerin so laut zu, dass auch Hunter diesen Wink versteht.

»Es war schön, dich wiederzusehen, Jaz. Vielleicht telefonieren wir mal.«

Ich nicke vage. »Ja, das sollten wir tun.«

~

Als wir an unserem Tisch sitzen, der für drei Personen gedeckt ist, erhält Rhys eine SMS, dass Trish an Migräne leidet und heute leider nicht kommen kann. Ich bin ein wenig enttäuscht, hätte ich doch gerne ihre Zustimmung gehabt, bevor Rhys und ich am Donnerstag nach Vegas fliegen.

Die Kellnerin hat mich so platziert, dass ich Hunters Tisch im Blick habe und ich komme nicht Drumherum, ihn ab und zu anzustarren.

»Kennst du diesen Burke näher?«, fragt Rhys, als er meinem Blick folgt.

Ich befinde mich in der Zwickmühle. Natürlich will ich ihn nicht anlügen, doch wenn ich ihm erzähle, dass wir ein Verhältnis hatten und Hunter der Grund ist, dass ich meinen Job verloren habe, laufe ich Gefahr, dass er ihm eins auf die Nase haut. In diesem besonderen Fall muss ich Rhys vor sich selbst schützen.

»Er war mein Professor«, sage ich ausweichend.

»Mehr nicht?«

»Nein, mehr nicht.« Oh Gott, eine glatte Lüge. Ich merke, dass sich meine Wangen rot färben. So viel zu meinen Qualitäten als Lügnerin.

»Er sieht sehr gut aus, ich könnte mir denken, dass sich viele Studentinnen für ihn interessieren.«

Ich lächele gequält. »Ja, Hunter hat eine Menge weiblicher Fans.«

»Sollte man bei einem Mann Anfang fünfzig gar nicht vermuten.«

Ich greife gerade nach meinem Glas Mineralwasser und halte mitten in der Bewegung inne.

»Moment, woher weißt du, wie alt Hunter ist?«

Ich sehe, wie Rhys für eine Sekunde die Augen zusammenkneift, als müsse er sich konzentrieren.

»Gut geraten?«, kommt es als Antwort, mehr Frage, denn Erklärung.

Nervös schaue ich Rhys an und kann in diesem Moment nicht glauben, was sich da in meinem Kopf für ein Gewitter zusammenbraut. Rhys, der nervös an seinem Ring dreht, winkt der Kellnerin. »Können wir bitte bestellen?«

Ungläubig schüttele ich den Kopf. Ich lehne mich auf dem Stuhl zurück, vermutlich um etwas Zeit zu gewinnen und das Gehörte zu begreifen. Doch ich komme immer wieder zu dem gleichen Ergebnis und Rhys' Blick spricht Bände. »Das kann ich nicht glauben«, zische ich wütend und laufe ohne Rücksicht auf Verluste, so schnell ich kann, aus dem Restaurant.

~

Glück muss man haben. Vor dem Restaurant erwische ich ein Yellow Cab und lasse mich die wenigen Blocks zum CuDa Gebäude fahren. *Ich muss Klarheit haben*, ist mein einziger Gedanke. Was auch immer Rhys angestellt hat, um an diese Information zu kommen, ich will es jetzt sofort wissen. In Windeseile betrete ich das Penthouse und steuere direkt auf das Arbeitszimmer zu, das ich bisher noch nie betreten habe. Ich bin mir sicher, wenn es Antworten auf meine Fragen gibt, dann hier.

Eilig ziehe ich die Schubladen des Schreibtisches auf und werde direkt in der ersten fündig. Ein brauner Umschlag fällt mir in die Hände. Er ist nicht verschlossen, daher schaue ich hinein und ein Bild von Hunter am Strand, nach dem Surfen, kommt zum Vorschein. Weiterhin enthält der Umschlag ein Dossier mit allen möglichen Informationen über ihn, angefangen vom Geburtsdatum über Kontostände bis hin zu seinen sexuellen Vorlieben. Ich kann es nicht fassen!

Einer inneren Eingebung folgend, wühle ich weiter in der Schublade, bis ich auf den nächsten Umschlag stoße. Ich schaue mir nur das erste Blatt an. Das Foto trägt mein Gesicht.

Wie in Trance nehme ich eine Bewegung an der Tür wahr. Dort steht Rhys mit angstgeweiteten Augen, raschem Atem, die Haare wild in der Stirn hängend, als wäre er die wenigen Blocks zu Fuß gerannt.

»Ich hoffe, du weißt, dass du hier gerade einen Einbruch begehst«, sagt er in einem Tonfall, der mir das Blut in den Adern gefrieren lässt.

Meine Augen verengen sich, als ich langsam auf Rhys zugehe. »Ich fasse es nicht, dass du zu so etwas fähig bist. Du hattest niemals vor, dich heute mit Trish zu treffen, oder? Du schickst Leute los, die in meinem Leben und dem Leben anderer Menschen herumschnüffeln?«, schreie ich ihn an.

»Ich gehöre zu den zwanzig reichsten Männern der Welt. Da ist Gutgläubigkeit ein Luxus, den ich mir nicht leisten kann.«

»Sagt dir das Wort *Vertrauen* etwas?« Nun ist mein Tonfall genauso so kühl, wie der von Rhys. »Mit deinem Verhalten degradierst du dein *Ich liebe dich* zur absoluten Belanglosigkeit. Weißt du, Rhys, hinter all deinem Kontrollverhalten steckt nur eines – eine unbändige Angst, nicht geliebt zu werden. Du fürchtest das, worauf ich mich am meisten gefreut habe: unsere

Liebe! Doch mit deiner Angst machst du alles kaputt. Scher dich zum Teufel, du Scheißkerl!«, zische ich zum Schluss kaum hörbar und verlasse schnell die Wohnung.

Noch nie bin ich mir so verraten vorgekommen, wie in diesem Moment. Er hat noch nicht einmal versucht, mich zurückzuhalten, das zeigt mir deutlich, was ich ihm wirklich bedeute. Selbst Hunters Intrige kommt mir dagegen wie ein dummer Jungenstreich vor. Ich bin so wütend, dass ich nicht einmal weinen kann. Ich möchte einfach nur noch nach Hause, zurück nach Frankfurt. Ohne Gepäck, ohne eine Nachricht zu hinterlassen.

Auf der 5th Avenue halte ich ein Taxi an und bitte den Fahrer, mich zum nächsten Flughafen zu fahren. Als die blinkenden Leuchtreklamen an mir vorbeifliegen, stehlen sich zwei dunkelblaue Augen in mein Gedächtnis, die mich traurig anblicken, weil sie am kommenden Sonntag vergeblich auf mich warten werden. Die Augen eines kleinen einsamen Jungen.

Fortsetzung folgt in:
4 Farben Platin

Danksagung

Mein Dank gilt allen, die mir bei diesem Buch zur Seite standen. Insbesondere meiner Familie. Danke für eure Rücksichtnahme und eure immerwährende Geduld.

Dir danke ich für deine Ideen, fürs Zuhören, deine positive Einstellung und … du weißt schon was!

Zum Schluss meiner Lektorin Mrs K.! Ich bin immer wieder aufs Neue überrascht, wie man einen Schleudergang mit 1400 Touren und zweimal Weichspülen so hinbekommt, dass es wie meine Buntwäsche aussieht! Ich knie und huldige DANK!

Liebe Leserinnen, (ich gehe davon aus, dass es vorwiegend weibliche Leser sind) ich hoffe, dieser Roman hat Ihnen gefallen und würde mich freuen, wenn Sie Jaz und Rhys auch weiterhin begleiten!

Ihre/Eure

Kajsa Arnold

Kajsa Arnold
Reservierung for Lucky One

Ebenfalls erhältlich!

Infos:

www.oldigor.de

Kajsa Arnold
Jaden-Kissing a heart

Ab Oktober 2013 erhältlich!

Info unter:

www.oldigor.de

Kajsa Arnold
4
Farben
Rhys by Night
Platin
Passion